돌
봄
과 작
업

2

돌봄과 작업 2

나만의 방식으로
엄마가 되기를 선택한 여자들

김유담

김다은 　 정아은

김연화 　 장수연

김은화 　 이수현

김잔디 　 황다은

소복이

임효영

돌고래

girl in the grass

sea

youth at Brunswick bridge

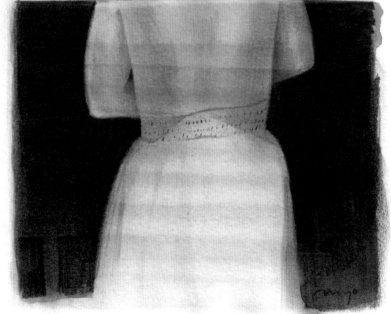

through the window 1

through the window 2

wilder-child

Verena Curr

walking with you-bushwalking

south golden beach

2022년 12월 22일의 기록

딱 한 달간의 서울 일정을 뒤로하고 혼자 먼저 집으로 돌아왔다.
한 주는 일로 바빴고 한 주는 둘째 수두로, 한 주는 첫째
코로나로 고생하고 나니 가족들과 시간을 보내기에도 빠듯했다.
그래도 해야 할 일이 눈에 어른거려 혼자 집에 돌아왔는데 조금
현타가 온다. 열흘 남짓 혼자 생활하며 먹고 치우고 그림만
그리는데…… 진척은 없고 종이만 쌓이는 게 영 기분이 좋지
않다. 미처 보지 못한 좋아하는 사람들 생각도 가득했다. 조바심
때문에 지금을 즐기지 못하는 꼴이라니. 귀찮아서 끼니를
거르며 버티다가 떨리는 손으로 밥을 먹고 있는데 출간이
1년 미뤄졌던 책의 증정본이 배송되었다. 산타가 미리 다녀간
기분이다. 책을 보니 조금 힘이 솟는다.

2018년 3월 17일의 기록

어느 날 아침 준지가 해 뜨는 것이 보고 싶다기에 얼른 차에 태워
가까운 전망대로 가서 일출을 보았다. 우리 마을을 생각하면
나는 이미 행복의 궤도 안에 들어와 있다는 안도감이 든다. 여러
장벽에 둘러싸인 이방인의 삶이지만 근원적인 충족감을 주는
자연이 정말 감사하다.

임효영

영상·미디어 작업을 해오다 이민으로 경력단절이 되었다. 아이가 생기면서 자연스레 돌보는 사람이 되고 삶의 균형을 맞추기 위한 근육통이 시작되었다. 매일 좌절을 맛봤다. 다시 나를 찾기 위한 과정이 더없이 분주하고 불안하고 괴로웠다. 해가 저무는 고속도로를 달리다 사십대는 그림 그리는 작가로 살겠다고 친구에게 고백 같은 다짐을 했다. 아이들이 곧잘 걸을 수 있게 되니 일주일에 하루이틀 자유가 주어졌다. 마냥 휴식을 취하는 것보다 수없이 많은 재료가 몽땅해지는 시간을 보내야 비로소 마음이 충전되었다. 이듬해 나는 서른여덟이 되었고 그림책 작가로 전향했다.

　　돌보고 돌봐진 덕분에 더 다양한 이야기를 갖게 되었다. 우리 사이에 흐르는 이야기를 글과 그림으로 전하려 노력한다. 2019년 『밤의 숲에서』, 2020년 *Rajah Street*로 한국과 호주에서 데뷔했고 이후 『저절로 알게되는 파랑』, 『당연한 것들』, 『일주일만 예뻐지게』, *White Sunday*, *Dorothy* 등에 그림을 그렸다. 오늘도 할머니 작가가 되는 꿈을 꾼다.

　　instagram @myo.yim.drawing
　　myoyim.com

돌보며 작업하는 여자들의 두 번째 이야기:
우리가 선택한 것과 선택하지 않은 것

> 책이 이끌어낸 더 다양하고
> 더 솔직한 목소리들

2022년 12월에 출간한 『돌봄과 작업: 나를 잃지 않고 엄마가
되려는 여자들』을 감사하게도 많은 독자들이 읽어주셨다.
더 감사한 것은 책을 읽은 분들이 양육과 작업의 관계에
대해 더 풍성하고 자유로운 이야기들을 나누어주셨다는
점이다. 여기저기서 저마다 다르지만 내 일인 양 공감이
가는 이야기들을 들을 수 있었다. 그래서 한 번 더 해보기로
했다.(아직도 다 담아내지 못한 이야기가 너무 많아 3권을 준비해야 할
것 같다.) 1권을 소개하는 자료에 나는 이렇게 썼었다.

현실에서 양육하는 이들에게 주어지는 언어는 지나치게

명료하고 단호하고 해맑고 건전하고 평가적이다. 이런 언어를 훨씬 더 복잡하고 구체적으로 만드는 것, 가치판단의 언어가 아니라 관찰과 숙고의 언어로 만드는 것이 이 책의 목표다.

여성의 임신과 낙태, 출산과 양육에 대한 사회와 전통과 과학의 요구가 얼마나 모순으로 점철되어 있는지 우리는 잘 알고 있다. 모든 사소하고 하찮은 모성적, 양육적 선택마다 양육자들이 고민할 수밖에 없는 수많은 마디들이 존재한다. 심지어 유사한 상황이 반복된다고 해서 항상 같은 선택을 할 수도 없다. 이렇게 정답이 없거나 너무 많고, 항상 바뀌는 상태에서 현대의 양육자들은 오히려 끝없이 자기 자신을 돌아보고 내면의 소리를 듣고 가장 어두운 욕망까지도 직시할 수밖에 없다. 하지만 쉽게 많은 것들을 판단하고 가르치려고 드는 엄마됨에 관한 언어들 사이에서 이런 이야기들을 하는 데에는 큰 부담이 따른다. 이 책에 글을 실은 열한 명의 필자들은 모두 정직하고 용감하게 가장 내밀한 이야기들을 공유해준다.

2권의 목표와 감상도 큰 틀에서 동일하다. 온갖 잣대들, 평가들, 편견들, 때로는 혐오들까지 난무하는 현실에서 '양육' 혹은 '모성'이라는 주제를 꺼내 들어 탈탈 털어내고 싶었고, 2권의 필자들이 그렇게 해주셨다. 우리는 그 어느 때보다도 인간의 발달 과정에서 '감정'과 '정서'를 돌보는 것의 중요성을 잘 알고 있다. 또 인간의 마음과 몸에 대한 과학적 정보들은 다방면에서 더 효과적인 양육의 기술들을 제안하기도 한다. 그러다 보니 양육자들에 대한 기대도 높아질 수밖에 없다. 좋은 일이지만 그럴수록 '판단'하려는 욕구와 습성도 강화된다. 따지고 보면 우리는 학교와 사회에서 모든 대상을 비판적으로 바라보고 평가하도록 교육받고 장려받아 왔다. '양육'에 대한 시선과 언어는 중요한 상징인 '엄마'에 대한 여러 투사(投射)들로 인해 더더욱 혼탁해져 있다.

　　이런 책을 만들고 있는 나조차 양육자들을 볼 때(특히 면 대 면이 아닌 온라인상으로 노출된 내용을 볼 때) 나도 모르는 사이 시비를 가리곤 한다. 뉴스에서 아이를 학대하는 양육자들의 이야기를 찾아 읽으며 분노하고, (몹시 부끄러운 고백이지만) 이른바 '맘카페'에서 아이가 뜻대로 되지 않는다며 한탄하는 부모에게 아이의 감정이나 상태에 대해 무관심하고 무지한 것이 아닌지 쏘아붙이는 댓글을 단 적도 있다. 사건의 복잡한 진상은 온라인에서 쉽게 주어지는 단편적인 정보로 알 수 없다는 점, 즉각적으로 올라오는 감정은 모두 내 주관적인 경험에서 비롯된 것임을 머리로 알고 있지만 여전히 유아기의 불만족스러운 감각을 몸에 많이 간직하고 있는 나는 양육자들이 아이들을 대하는 모습에 신경이 쓰인다. 그리고 이는 다시 양육자인 나 자신에게 죄책감과 불안으로 돌아온다. 이런 악순환은 개인적으로나 사회적으로나 양육에 아무런 도움이 되지 않는다.

하지만 우리가 '엄마'에 대한 투사를 멈추는 것이 가능할까?
차라리 '엄마'가 엄청난 투사를 감당해낼 만한 커다란 상징적
존재임을 인정하고 현실의 엄마들을 그것과 구분하려
노력하는 것이 낫지 않을까? 인간에게 엄마는 원초적인
투사의 대상이라는 것, 선사시대부터 오랜 시간 이어져 내려온
상들의 총합이라는 것, 가부장적인 종교의 시대와 계몽의
시대를 거치며 이 상은 더욱 다층적으로 변화해왔다는 것을
기억하려고 한다. 그것이 '양육'과 '모성'을 둘러싼 이상과
현실을 잘 구분해내는 데, 나아가 이상과 현실 사이의 격차를
줄이는 데 도움이 될지도 모르겠다.

이 책이 현실에 존재하는 모든 종류의 양육에 마음을
열고, 있는 그대로 바라보기를 연습하는 계기가 되기를
바란다. 구체적인 이야기가 많아지고 다양해질수록 우리가
있는 그대로의 존재를 바라보는 법을 배울 수 있으리라.
이것은 우리가 양육을 통해서 배운 바이기도 하다. 정아은의
다음과 같은 문장은 아이를 돌보며 확장시킨 수용의 감각에
대해(그리고 그것이 작업에 끼친 영향에 대해서도) 소중한 통찰을
제공한다.

이제 아이를 나와 '다른' 존재로 사고하게 된 내게, 그런 아이는
너무나 매혹적이었다. [......] 소설 쓰기를 직업으로 삼은 자가
갖추어야 할 가장 중요한 조건은 폭넓은 사고다. 흥미로운

스토리를 짜는 일도, 근사한 문장을 만들어내는 일도, 편견
없이 있는 그대로 사람을 받아들이는 능력을 갖춘 뒤에야
비로소 가능해진다. 우물에 갇힌 자는 제가 있는 곳이 우물임을
알지 못한다. 우물 바깥으로 나왔을 때야 그동안 머물러온
곳의 실체를 파악하고 경악한다. 스스로를 활짝 열린 사고의
소유자라고 자만해온 나는 얼마나 어리석었던가. 그동안
나와 다른 성향을 가진 사람들에게 단순하고 편협한 잣대를
들이대며 살아왔다. 그런 내 사고와 가치관은 내가 써온 글들에
고스란히 드러났을 것이다.(정아은)

우리가 이런 수용의 감각을 양육자들에게까지, 나아가 모든
존재에게 확장할 수 있기를 바란다. 이것이야말로 '돌봄'이라는
시대정신이 우리에게 요구하는 바라고 믿는다.

짝을 이루는
선택과 수용

이 즈음에서 명확히 밝히고 싶은 점이 있다. 나는 돌봄이
절대선이라고 생각하지 않는다. 오히려 내가 사랑하는
이들이 (분명한 자기 선택이 아니라면) 의무감이나 죄책감으로
다른 존재를 돌보는 일에 떠밀리지 않기를 바란다. 다만

정말로 내가 돌봐야만 하는 존재들을 만나게 될 때 정확히 알아차리고 선택할 수 있기를, 그 돌봄의 과정에서 자신을 전부 희생해버리지 않고 살아남기를, 그리고 그 경험을 통해 더 많이 성장하기를 바랄 뿐이다.

나는 역설적으로 돌봄을 통해 인간의 돌봄 역량이 몹시 작고 하찮다는 점을 깨달았다. 구체적으로 누군가를 돌본 이후에야 내 둘레에 명확히 경계선을 그을 수 있게 되었고 다른 존재들의 둘레에 있는 경계선도 명확히 볼 수 있게 되었다. 그리고 그 결과 드러난 태도는 (내가 걱정했던 것과 달리) 다른 존재에 대한 외면이 아닌 '존중'이었다. 오히려 누군가 자신의 역량을 넘어 타인을 도우려고 할 때 그것이 타인의 경계를 침해하는 폭력이 되기도 한다는 점도 알게 되었다. 다른 이들을 도울 수 있다고 허황되게 착각하는 (자아가 팽창된) 이들이 선의에서 출발해 다른 존재들에 해를 입히고 나아가 스스로에게도 해를 입히는 역동을 인지하게 되기도 했다. 이 책을 읽는 분들 중에 스스로의 선택이 아닌 어떤 이데올로기, 어떤 제도, 어떤 관습, 어떤 도덕, 어떤 강요 때문에 자신의 것이 아닌 돌봄을 짊어지게 된 분들이 있다면 과감히 떨쳐내기를 바란다.

결혼을 한 것도, 소설을 쓰기로 한 것도, 아이를 낳아 키우는 것도 모두 내 선택이었다. 모든 것은 내 선택이었으므로, 그에 대한 책임도 내 몫인 게 당연하다고 여겼다. 이왕이면 내 선택이 결과적으로 나쁘지 않았음을 증명하고 싶기도 하다. 동시에 그 마음이, 내가 가지 않은 길을 폄하하는 방식으로 작동해서는 안 된다고 다짐한다.(김유담)

한편 나는 우리가 인간성이 그 어느 때보다 고양된 시대를 살아가고 있다고 믿는다. 출산이나 양육을 그 어느 때보다도 깊이 고민하고 심사숙고해서 결정할 수 있는 물적, 정치적, 심리적 토대를 갖추었다는 뜻이다. 여성들이 자기 몸과 관련해 갖는 선택권은 계속해서 확장되고 있다.(물론 이 변화를 위해 무수한 희생과 저항이 있었으며 변화의 속도가 더디다는 사실도 잘 알고 있다.) 온 사회가 저출생이 큰 문제라고 떠들어대지만 사실 우리는 그 재앙의 긍정적인 뒷면에 대해서도 잘 알고 있다. 얼마 전까지 여성들이 원하지 않는 임신과 출산, 위험하고 모욕적인 피임과 낙태, 정당한 대가와 존중 없는 돌봄에 얼마나 많이 내몰려왔는지 잠시 동안만 멈춰 서서 (우리 부모나 조부모의 삶을 떠올리며) 생각해보면, 이런 숙고야말로 인류의 정신이 한 단계 성숙했음을 보여주는 징후임을 부인할 수 없을 것이다. 앞으로도 더 많은 이들이 자신의 몸과 재생산에 대해 더 고민하고, 더 자발적이고 책임감 있는 선택을 할 수 있기를 바란다.

다만 선택의 의미에 대해 조금 더 부연해야 할 필요는

있겠다. 우리가 돌봄에서 배운 '선택'의 의미는 우리가 학교와 사회에서 흔히 배워왔던 협소한 '선택'의 의미(무한한 시장에서 가장 만족스러운 상품을 선택해 가장 합리적인 가격에 쇼핑하는 행위)와 다르다. 이 책에서 쓰인 맥락을 종합해보면, 선택은 우리가 살고 있는 현실의 제약을 구체적으로 인지하고 그 안에서 내가 할 수 없는 일과 할 수 있는 일을 구분해내는 행위이다. 선택은 가성비나 유불리를 따지는 행위가 아니라 내가 그 책임을 감당할 수 있는지에 대한 판단과 결심, 그리고 믿음의 행위이다. 자연스럽게 선택에는 그에 따르는 결과를 '수용'한다는 뜻이 포함된다. 선택을 온전히 자기 것으로 만드는 일은 선택 이후의 수용 과정에서 완결된다. 발달장애아를 양육하면서 중학교 교사로서 아이들을 가르치고 '통합교육'에 대해 오랜 시간 연구해온 이수현의 글은 이런 장면들로 가득 차 있다.(스포일하지 않기 위해 살짝만 인용해본다.)

아마도 그 시간이 내게는 주어진 삶을 천천히 받아들이는 과정이었던 것 같다. 매일 희망을 품고 부딪쳐보고, 다시 깨지고 절망하면서 처절하게 깨달았다. '이것이 거부할 수 없는 내 삶이구나. 내 아이는 장애가 있고, 장애는 치료되는 질병이 아니구나. 우리는 평생 장애와 함께 살아야 하는구나.'(이수현)

여러 차이에도 불구하고 필자들이 공통적으로 이야기하는 돌봄 경험 중 하나는 이렇게 저렇게 계획했지만 결국 그렇게 되지 않았다는 대목이다. 우리는 아이를 잘 키우고 싶어서 여러 계획을 세우고 방법을 모색하지만, 아이들은 우리의 계획과 무관하게 자기만의 방식으로 잘 자란다. 아이들은 특유의 문제와 자원을 이미 가지고 있다. 양육자로서 우리의 주된 임무는 아이들이 스스로 자기 생김새를 잘 알아차리고 자신에게 심겨진 씨앗의 싹을 잘 틔워내도록 지지하고 격려하는 일 이상도 이하도 아니다. 아이의 원래 생김새를 알아차리지 못하거나 그것을 깎아서 다른 모습으로 만들려는 것은 부모가 흔히 저지르는 시행착오 중에 하나임을 나 역시 경험을 통해 알고 있다. 양육 과정에서 부모는 나름대로 최선의(혹은 차악의) 선택을 하지만 결과와 그에 대한 평가에는 겸허히 마음을 열어놓을 수밖에 없다는 김잔디의 문장에 깊이 공감하는 이유다.

아이가 어렸을 때도 그렇고 지금도 저는 제 일이 바쁘다는 핑계로 육아에 대해 그리 많은 고민을 하지 않습니다. 다만 고민해야 할 때는 '어디까지 선을 그을 것인가' 하는 문제에 집중하는 것 같아요. 엄마인 내가 주체성을 지닌 아이의 삶에 어디까지 영향을 줄 것인가는 아이가 성인이 될 때까지 대부분의 부모가 품고 있을 과제겠지요. 이런 고민을 할 수 있는

것 자체가 소중하다는 점도 알고 있어요. 그런 면에서 제가
공동육아를 선택한 것이 아이에게 어떤 의미로 남을지는 사실
잘 모르겠습니다. 다만 아이에게 행복한 순간이 적지 않았고,
저는 온전히 그곳을 믿고 제 일에 집중할 수 있었다는 점만은
분명합니다.(김잔디)

시간에 대하여,
기록에 대하여

'시간' 역시 '돌봄과 작업'을 성찰할 때 중요하게 다뤄야 할
키워드이다. 먼저 제한된 자원(시간과 에너지)을 두고 벌어지는
양육자들의 내적, 외적 갈등에 대해서는 인용하고 싶은 대목이
너무 많다.

세간의 흔한 조언들, 선택과 집중을 해야 한다거나 어떤 일정
관리 툴이 좋다는 식의 팁이 '아이 셋 워킹맘'에게는 통하지
않[는]다. 특히 '선택과 집중'은 내가 요즘 제일 싫어하는 말이다.
무엇도 포기할 수 없는 선택지 앞에서 그 말은 참으로 공허하고
무력하다. 아이의 병원 예약과 회사 일이 겹칠 때, 대체 무엇을
버려야 하나? 아이 학원 라이딩 때문에 내 운동 스케줄을
취소할 때면, 정말 우울하다. 그건 선택도 집중도 아니다.

중요도와 우선순위를 계산할 시간에 차라리 빨리 움직이는 게 낫다. 결국은 다 해내야만 하는 일이므로. 다만 베이비시터와 남편에게 맡길 일을 배정하긴 한다. 최소한의 계산이 끝나면, 아이의 손을 잡고 뛴다.(장수연)

내 모든 시간과 에너지와 노력을 쏟아붓고 싶으면서도 동시에 그렇게 하기가 싫었다. 이전에 내가 들이는 나의 노력과 시간은 온전히 내가 되는 과정이었다. 공부를 하는 만큼 일을 하는 만큼 나는 변했고 성장한다 느꼈으며, 그 성과는 오롯이 내 것이었다. 그러나 내가 아이의 세계에 가까이 갈수록 나의 세계는 희미해지고 점차 나의 사회적 정체성은 사라지는 것 같았다. 일을 다시 시작하자 감정은 더 복잡해졌다. [……] 일을 마친 후 아이와 사랑스럽게 눈을 맞추기 위해서는 일에 에너지를 전부 소진해버리면 안 되었고, 아무리 급박한 일이더라도 밤샐 수 없었다. 더 이상 벼락치기는 불가능했고, 나는 언제나 아이에게 사용할 시간과 에너지를 아껴두어야 했다.(김연화)

하지만 다시 강조하자면, 필자들은 양육이 힘들다고 토로하는 데 멈추지 않는다. 어떻게 제한된 시간을 잘 활용해서 양육과 일을 둘 다 잘 해나고 균형을 맞추어갔는지 비결을 공유하지도 않는다.(그래도 장수연과 김잔디의 글은 읽을수록 놀랍기는 하다.) 조금 비장한 톤으로 말해보자면, 이 책은 피해자가 되기를 거부하고 창조자가 되어가는 이들의 이야기를 담은 책이다. 이는 앞서 말한 대로 선택하고 그 선택에 책임을 지고 수용하는 과정에서 가능한데, 이 과정에서 가장 중요한 역할을 하는 것이 '시간'이다.

> 그런데 고백하자면 아이들을 돌보면서 그 상처가 많이 치유됐다. 아이들을 돌보는 시간을 잘라내서 확보했던 작업의 시간은 사라졌지만 아이들에게 쌓인 시간은 사라지지 않았기 때문이다. 아이들은 시간을 먹고 자란다. 그 자명한 사실이 너무도 큰 위안을 주었다. 하지만 돌봄의 시간이 치유가 될 수 있었던 이유는 작업의 시간이 있었기 때문이기도 하다. 결과를 내지 못한 시간도 사라지는 것이 아니라 보이지 않는 곳에 쌓여 디딤돌이 되고 또 다른 이야기로 이어진다는 것을 알았다.(황다은)

시간은 양육자들에게 가장 갈급한 자원이지만 역설적으로 이 시간을 살아남고 기록하면 창조자가 된다는 것을 이 책에 실린 글들이 생생히 보여준다. 양적이고 일방향적인 것으로만 보였던 '시간'은 돌봄의 경험을 통해 질적이고 입체적인 움직임을 드러낸다. 시간이 그냥 흘러서 사라지기만 한다면 우리는 이 자원을 탕진해버리고 신용불량자가 되었겠지만, 다행히 시간은 멈추기도 되돌아오기도 거꾸로 흐르기도 쌓이기도 갑자기 증폭하기도 한다. 이런 관점의 전환이 시간 빈곤자인 돌보는 사람들을 구원하는 것이다.

글쓰기는…… 글쓰기를 내 인생의 무어라 표현해야 할까. 직업인도, 엄마도 아닌 나로 존재하는 이 행위 덕분에 직업인으로도, 엄마로도 살아갈 수 있다. 나는 일을 통해 성취감을 느끼고 아이들과 함께하며 행복감을 느끼지만, 글을 쓰는 동안은 나의 '존재감'을 느낀다. 일과 육아는 과하면 나를 흐릿하게 하는데, 글쓰기는 나를 진해지게 한다. 내가 나의 세상에서 살아가고 있다는 사실이 짙게 각인되면, 비로소 집으로, 회사로 들어갈 힘이 생긴다.(장수연)

당신의 손길 없이는 당장 생존을 영위할 수 없는 누군가를 돌보는 일에 종사하면서 무언가를 쓰고 싶은 여성들에게, 당신의 작업과 희귀한 종족의 기질을 포기하지 않기를 바란다고 꼭 전하고 싶다. 동시에 작업을 이어갈 수 없는 당신의 상황도 충분히 이해한다고, 그것을 어렵사리 헤쳐나가지 못하는 자신을 너무 자책하거나 주변 환경을 너무 미워하지 말라고도 덧붙이고 싶다. 언젠가 우리가 집구석을 벗어나 함께 만날 수 있기를 바란다. 그때까지 구석에서 웅크리고 있는 시간이 마냥 마이너스는 아닐 거라고 믿으며, 그러니까 조금만 더 버텨보자고 말하고 싶다.(김유담)

그럼에도 불구하고
우리는 연대할 수 있고, 해야 한다

첫 책을 내고 시야를 넓혀 '돌봄'의 다양한 측면을
다루어달라는 부탁을 많이 받았다. 카테고리를 정해놓고
성급하게 분류해서 구색을 맞추는 식으로 접근하고 싶지는
않았다. 그렇다면 돌봄의 이야기는 어떻게 확장될 수
있을까? 적절한 방향을 찾은 것은 아니었지만, 내 고민과
무관하게 결과적으로 2권에 실린 이야기들이 돌봄의 범위를
확장시켜주었다고 느낀다.

2권에 실린 이야기들의 특징을 굳이 1권과 비교해
찾아보자면, 남편 이야기가 비중 있게 등장하며(특히 황다은,
김연화, 김은화의 글들), 공동육아의 경험이 많이 다루어진다(특히
황다은, 김다은, 김잔디의 글과 소복이의 만화). 전통적인 가족
관계는 많은 문제를 양산해왔고, 최근 들어 심대한 변화를
겪고 있다. 그렇다고 낡아빠진 가족 제도를 폐기하라고
선언하면 그 변화가 알아서 긍정적인 쪽으로만 진행될 리도
없다. 우리 사회가 더 나은 연결과 소속의 방법을 고민하는
데에도 친밀한 관계와 재생산 과정 전반에 걸친 경험들을
지긋지긋할 정도로 말하고 듣는 일이 도움이 되리라고
생각한다. 김은화의 글은 시의적절하게도 친밀한 파트너이자
양육 파트너인 남편과의 갈등과 상호의존에 관해 솔직하게

기록하고 있다.

> 남편을 상대로 싸워온 지난날을 떠올리면 나에게 강사로서
> 급여를 주고 싶다. 누군들 남편을 상대로 지옥에서 온
> 페미니스트가 되고 싶겠냐마는, 함께하는 동안에는
> 기꺼이 카운터파트너가 되어주련다. 그게 내가 사랑하는
> 방식이다.(김은화)

아이 친구 엄마들, 공동 육아 친구들, 이모, 자매, 보조양육자
등…… 소중한 존재들에 대한 글들을 읽으며(특히 장수연과
김잔디의 글, 그리고 소복이의 만화) 나 역시 다양한 종류의 도움을
받았던 일이 떠올랐다. 부모형제(자매)의 도움을 받을 수
없었던 내 경우 보조양육자들이 없었다면 양육이 불가능했을
것이다. 어린이집, 유치원 선생님들도 마찬가지다. 품앗이
육아나 각종 모임을 함께했던 아이 친구 엄마들뿐 아니라 각종
사교육 선생님들의 도움도 귀한 자원이었다. 돌봄은 이렇듯
주변에 이중, 삼중의 망을 갖추는 능력을 필요로 한다. 1번
그물이 작동하지 않으면 2번 그물을, 2번 그물이 작동하지
않으면 3번 그물을, 3번 그물이 작동하지 않으면 4번 그물을
작동시켜 내 손에서 미끄러진 아기를 안전하게 받아내는 일과
비슷하다. 양육자 부모 홀로, 혹은 그물 하나로 감당할 수 있는
일이 아니라는 뜻이다.

사회적 돌봄이라는 말이 많이 쓰이게 되었지만 특히 행정
영역에서 이 말은 밋밋하게 사용되는 경향이 있는 듯하다.
돌봄을 공적으로 지원한다는 것, 돌보는 사람을 돌본다는
것은 어린이집을 많이 만들고 운영시간을 확대하고 '외국인
시터'를 도입하는 일들을 넘어서서, 근본적으로는 사회의
전체적인 관계망을 회복시키는 일이다. 엄마 예술가들과 함께
여러 모임들을 조직하고 또 그 만남들을 기록한 경험이 있는
김다은은 '유연한 연대'에 대한 기대를 이렇게 정리하고 있다.

> 각자가 펼치는 예술에 대하여, 예술가의 삶 안에서 마주하는
> 엄마됨에 대하여, 아이를 키우는 일에 대하여, 이 사회에서
> 여성으로 살아가는 것에 대하여 열 명 넘는 국내외 엄마
> 예술가들과 수십 시간에 걸쳐 이야기를 나눴다. 돌봄의
> 주체(엄마)이자 작업의 주체(예술가)라는 공통의 정체성에서
> 쏟아져나온 대화에서 굉장한 위안과 용기를 받았다. [······]
> 이 신선한 유대감은 낯설지만 너무나 반가웠다. 연대라는
> 가치를 진심으로 갈망하고 있다는 사실을 이제야 스스로
> 알아차린 것이다.(김다은)

소복이 만화에서 작가는 작업물을 들고 친구(실은 아이 친구
엄마) 집으로 향한다. 일을 해야 하지만 힘이 남아 있지 않을 때
엄마들은 일감을 싸들고 다닌다.(「섬집 아기」 가사 2절에 나오는

"다 못 찬 굴바구니"를 들고 서둘러 집으로 돌아오는 엄마와 비슷한
상황이다.) 그렇게 들고 다니다 보면 어느새 작업이 완성되어
있다는 것이다. 이런 아름답고 환상적인 디즈니 애니메이션
같은 경험을 나도 이번에 이 책을 만드는 과정에서 했다.
마음은 더 정성을 들이고 싶고, 시간은 부족한 와중에 나는
다른 일들을 하면서도 이 원고로 향하는 마음의 일부를
거두지 않았다. 그랬더니 정말로 책이 완성되었다. 놀랍고
감사한 마음이 80퍼센트, 더 신경 쓰지 못해 미안한 마음과
그만큼 더 잘 홍보해야겠다는 마음이 20퍼센트다. 독자
여러분들이 20퍼센트를 채우고 넘칠 정도로 도와주시리라
믿는다.

2023년 6월
김희진

차례

illustration   5

editor's note   돌보며 작업하는 여자들의 두 번째 이야기:
우리가 선택한 것과 선택하지 않은 것   17

집구석 작업자의 마음 ｜ 김유담   37

한없이 넓은 세상에 발을 들이던 순간 ｜ 정아은   53

달리는 품 안에서도 아이는 잘 자란다는 믿음 ｜ 장수연   71

어떤 순간에도, 나를 지키고 사랑할 것 ｜ 이수현   87

경력단절이 아니라 경력심화 과정이 된 시간 ｜ 황다은   105

예술과 돌봄이 없는 세상을 상상해보라 ｜ 김다은   125

과학자의 실험실 돌봄과 엄마의 가정 돌봄 ｜ 김연화   141

지옥에서 온 페미니스트가 평범한 한국 남자를
만났을 때 ｜ 김은화   159

아이와 함께 성장한다는 말의 진짜 의미 ｜ 김잔디   181

애 키우면서 만화 그리는 이야기 ｜ 소복이   195

designer's note   마감이 최고의 영감인 디자이너의 '돌봄과 작업'   213

집구석 작업자의
마음

김
유담

소설가

절대로 이해하고 싶지
않았던 마음

작가 지망생이었던 20대 시절, 평소 흠모하던 여성 소설가의
강연에 간 적이 있다. 그의 작품 세계와 소설가의 일상을
육성으로 들을 수 있는 귀한 자리인 데다 작품만큼이나 매력이
넘치는 화술에 매료되어 나는 두근거리는 마음으로 단상을
올려다 보았다. 강연 마지막 순서로 청중에게 질문을 받는
자리에서 한 중년 여성이 그에게 결혼은 했는지, 그리고 아이가
있는지 물었다. 소설가가 결혼하지 않았으며, 아이도 없다는
답변을 내놓자마자 질문자는 자리에서 벌떡 일어나 공격적인
어조로 소리쳤다.

　"그러니까 활발하게 작품 활동을 할 수 있었겠죠! 나도

한때 작가가 꿈이었고, 소설을 쓰고 싶었지만 아이 셋을 낳아 키우면서 아무것도 할 수 없었어요. 한가하고 편하게 살면서 소설 쓰는 게 무슨 자랑이라고!"

강연은 어수선한 분위기 속에서 마무리됐고, 집으로 돌아가는 길 내내 심란한 심정이었다. 엉겁결에 봉변당한 그 소설가를 생각하니 나까지 속상할 지경이었다. 좋은 자리를 망쳐버린 '무식한 아줌마'에게 밑도 끝도 없이 화가 나기도 했다. 그때 나는 작가를 꿈꾸고 있었고, 단상에 올라가 우아하게 소설과 문학에 대해 이야기하는 그 작가의 자리에 나를 미리 앉혀두고 싶은 마음이 컸다. '비혼의 여성 소설가를 질투하는 아줌마의 삶'과 내가 꿈꾸는 미래는 아주 거리가 멀었으므로, 그 중년 여성의 마음을 알 수도 없었거니와 이해하고 싶은 마음도 없었다.

그로부터 10여 년이 지난 후 나는 결혼을 했고, 아이를 낳았다. 지금 나는 다행히 소설가로 데뷔해 소설을 쓰고 있다. 아주 가끔, 작가로서 청중을 앞에 두고 소설에 대해 이야기할 기회를 얻어 단상에 서기도 한다. 그럴 때면 나는 소설에 대해 그럴싸하게 이야기하는 대신 실은 아이 때문에 소설을 쓸 시간이 없었다고, 내게 시간이 더 주어졌다면 더 나은 소설을 쓸 수 있었을 거라고 변명하며 울부짖고 싶다는 충동이 일었다. 오래전 강연에서 만났던 여성의 영원히 이해할 수 없을 것만 같았던 눈빛과 목소리가 아이를 낳은 뒤 이따금 생생하게 떠오르기도 했다. 그날 그 자리에서 그의 무례가 온당하다거나 두둔받을 수 있다는 의미는 절대 아니다. 하지만 그가 어떤 종류의 좌절감과 열패감에 휩싸였는지 이제는 짐작할 수 있을 것 같아서, 때로는 그날을 떠올리는 게 너무 괴롭기까지 하다. 실은 절대로 알고 싶지 않은 마음이었으니까.

단 한 줄도 쓰지 못한 채 아이를 맞으러 가는 마음

아이를 임신했을 때 나는 아직 단독 저서 한 권 없는 신인 작가였다. 소설집을 출간하기 위해서는 한 권 분량만큼 원고를 모아야 했는데, 그에 앞서 임신과 출산 과정 동안 가장 중요한 임무는 배 속의 아이를 지키는 일이었다. 나는 임신 기간 내내 고위험 산모로 절대적으로 안정을 취해야 한다는 진단을 받았고, 대학병원으로 전원해 태아가 37주가 되면 바로 제왕절개로 아이를 꺼내야 했다. 무리하면 안 된다는 주치의의 경고를 들은 후 원고 발표를 모두 출산 이후로 미루는 쪽으로 일정을 조율해놓았다는 내게 선배들은 걱정 가득한 눈빛을 보냈다. 출산하면 '당분간'은 소설을 쓰기 힘들 거라고, 너무 조급해하지 말라던 그들의 조언이 나를 아끼는 마음에서 비롯했음을 안다. 하지만 그 말을 곧이곧대로 받아들일 수

없었다. 나는 꽤 오래 습작 기간을 보낸 편이라 작가가 되기
위해 애태운 시간을 떠올리면 어렵게 얻은 기회를 뿌리치기
어려웠다. 신인 작가에게 주어지는 지면 하나가 얼마나 귀한지
잘 알았다. 신생아를 키우는 중이라 소설 청탁을 받을 수
없다고 거절한다면 상대도 이해는 하겠지만, 그렇다고 해당
출판사에서 내 사정을 기억해두었다가 나중에 다시 원고를
청탁하리라는 보장이 없었다.

결국 나는 조리원에서 수술 부위를 복대로 감싼 채 소설을
썼고, 집에 돌아와 몸조리하는 와중에도 소설을 썼다. 낮에는
아이를 돌보고 가사 노동을 하느라 바빴기에 잠을 줄이는 것
외에는 다른 방법이 없었다. '육아 노동'에는 아이를 돌보는
시간만 포함된 게 아니다. 그 외에 추가적으로 아이에게 먹을
것과 입을 것, 청결한 주변 환경을 제공하기 위한 두세 배의
가사 노동도 필요하다. (풀타임 시터는 비용이 너무 높으므로)
주 2~3회 파트타임 시터를 고용해 낮에 잠깐이라도 원고를
들여다볼 틈을 마련해보려 애썼지만 쉽지 않았다. 그럴 때면
소설 쓰는 사람에게는 '미용 티슈'가 아닌 '두루마리' 같은
시간이 필요하다고 했던 선배 작가의 말이 떠올랐다. 티슈처럼
한 장씩 꺼내 쓰는 시간이 아니라 두루마리 휴지를 둘둘
감아 꺼내듯 길게 늘이고 늘여서 쓰는 시간이 절대적으로
중요하다는 말의 의미가 절절히 와닿았다. 내게 허락된 몇 장
안 되는 티슈를 최대한 효율적으로 쓰기 위해 이리저리 머리를

굴려봤지만 늘 시간과 잠이 부족해 허덕였다.

아이를 기관에 보내면서 나는 아이가 집에 없는 시간을 작업 시간으로 확보하기 위해 아이가 하원할 때까지는 절대로 집안일을 하지 않겠다는 규칙을 세웠다. 등원 직전에 갈았던 기저귀가 거실에서 굴러다녀도 치우지 않기로 했다. 치우고 정리하기 시작하는 순간, 그날의 작업은 망한다는 걸 경험적으로 알았던 것이다. 그러나 원칙이라는 단어가 무색할 정도로 그것이 지켜지지 않은 날 또한 무수히 많았다.

가령 이런 식이다. 아이를 등원시키고 엉망진창이 된 거실을 쳐다보지도 않은 채 작업방으로 들어간다. 노트북을 켜고 오늘은 어떻게든 목표량을 채우겠노라고 다짐하면서 컴퓨터 화면을 노려본다. 마음과는 달리 원고는 풀리지 않고, 이럴 바에는 차라리 집안일이라도 하는 게 낫지 않을까 생각하며 거실로 나와 흐트러진 장난감과 옷가지를 치운다. 커피 한 잔을 마시고 다시 작업을 시작하자며 커피를 내리는데 개수대에 쌓인 설거짓거리가 눈에 들어온다. 그릇부터 닦고, 개운한 마음으로 작업에 몰입해볼까 싶어 설거지를 하고 나면 세탁 바구니를 가득 채운 빨랫감이 볼썽사납다. 세탁기를 돌리는 건 잠깐이니까, 세탁기가 돌아가는 동안 몇 줄이라도 쓰고 빨래를 넌 후에 다시 몇 문단을 이어 쓰자며 빨랫감을 세탁기로 옮기다가 아이 옷 곳곳에 가득한 얼룩을 보며 미간을 찌푸린다. 아무래도 이런 얼룩은 기계 세탁만으로는

김
유담

지워지지 않을 것 같아 애벌빨래를 하기 시작한다. 아주 잠깐, 세탁기만 돌리고 노트북 앞에 앉으려고 했는데 이미 오전이 다 지나가버렸다. 싱크대 위에는 내려놓고 마시지도 못한 커피가 있다.

허기가 몰려오자 아침에 일어난 뒤로 아무것도 먹지 않았음을 깨닫는다. 대충 점심을 챙겨 먹으니 이제 내가 먹은 그릇을 닦을 차례다. 이것만 해치우고 다시 작업을 하자, 다짐하며 몸을 재게 움직여본다. 이것만, 이것만, 이것만 잠깐 해놓고 다시 작업을…… 하며 허둥대다 보니 아이가 하원할 시간이다. 단 한 줄도 쓰지 못한 채 아이를 맞으러 가야 하는 날이면 가슴에 돌덩이를 얹은 것처럼 갑갑했다.

아이가 기관에 가 있는 시간을 최대한 활용해 작업한다는 원칙을 지키기 위해서는 난장판이 된 집을 못 본 체하고 식사도 거른 채 노트북 화면을 들여다봐야 했다. 잘 써지는 날보다 잘 써지지 않는 날이 당연히 더 많았다. 오후가 될 때까지 우두커니 앉아 모니터만 들여다보다가 이제 겨우 뭔가 떠올라서 몇 줄이라도 써볼 수 있겠다는 마음이 들면, 이미 아이의 하원 시간이 가까워졌다. 실제로 아이를 데리러 가는 길에 서러움이 몰려와 눈물을 쏟은 적도 있다. 어린이집 앞에 다다라 눈물을 닦고 다시 마음을 추슬렀고, 활짝 웃는 얼굴로 엄마를 향해 뛰어나오는 아이와 볼을 비비면서 방금 전 느꼈던 자책감과는 또 다른 종류의 죄책감을 느꼈다. 내 탓이 아니라고 생각하면서도, 탓할 사람은 나 자신밖에 없었다.

지긋지긋하지만
애잔한 집구석

아이를 낳고 네 돌까지 키우는 동안 내 이름으로 네 권의 책을
출간했다. 작가로서도, 엄마로서도 모든 것이 처음이었다.
여러 가지 일들을 경험하면서 4년 사이 나는 과거의 나와 전혀
다른 사람이 되었다. 이제 아이는 제법 자라 전보다 손도 덜
가고, 어린이집 종일반에 더 길게 보낼 수도 있다. 어린아이를
키우면서 소설 작업을 '어떻게' 해나갈 수 있었느냐는 질문을
받을 때마다 나는 정신이 멍해지곤 한다. 그냥 '어떻게든' 해야
하는 상황을 지나온 것이기 때문이다. 내게는 선택지가 두 개
있었다. 하나는 육아에 집중하기 위해 소설 쓰기를 당분간
접어두는 것. 또 다른 하나는 무리해서라도 육아와 소설
쓰기를 병행하는 것. 시간에 쫓기면서 써낸 글들이 마음에
들지 않을 때도 많았지만, 어쩔 수 없다고 자주 타협하며 할 수
있는 선에서 원고를 마무리해 보내고 나면 아쉬워할 시간조차
주어지지 않았다. 바로 아이를 돌봐야 했으니까. 예술가로서
그다지 좋지 않은 태도라는 걸 알면서도 나는 자신과 자주
타협하는 길을 택했다. 내가 '어떻게' 작업을 이어나갔는지에

김
유담

대해서는 얼마든지 이야기할 수 있지만 그 과정을 구체적으로
들여다보면, 그것은 '성공담'보다는 '실패담'에 가깝다.
나는 매번 내가 가닿고자 하는 기준에 도달하지 못했으며,
계획된 업무 일정은 (타의에 의해) 꼬이고 지연되기 일쑤였다.
지난 4년 동안 내가 얼마나 몸이 축났는지, 남편과 얼마나
많이 다퉜는지, 그래서 실은 얼마나 도망치고 싶었는지
같은 구구절절한 이야기를 펼쳐놓을 수도 있음에도 내가
지나온 시간으로 나조차도 절대로 돌아가고 싶지 않아서 그
누구에게도 '권고'하고 싶지 않은 마음에 말을 아끼게 된다.
　　나는 주로 집에서 소설을 쓴다. 작업실을 얻어본 적도
있고, 카페에 나가보기도 했으며, 스터디카페 정액권을
끊어보기도 했으나 내가 글을 쓴 자리는 주로 집구석이다.
집구석이라는 단어가 폄하처럼 보일까 봐 풀어서 설명하자면,
나는 주로 '집 한구석에 마련된 작은 책상'에 앉아 작업을 한다.
3인 가족이 사는 이 집에서 오로지 내 차지인 공간은 아주
작은 책상 하나뿐이다. 나는 집구석에 틀어박힌 작업자이지만
동시에 집 전체를 돌봐야 하는 가사 노동자이자 양육자다.
　　살림과 집필을 동시에 잘 해내는 것은 불가능하다.
오늘 우리 집 상태가 깨끗하고, 식구들이 먹을 만한 것들이
넉넉하다면, 그건 내가 오늘의 작업에 실패했음을 의미한다.
나의 시간과 체력은 한정적이므로 원고 마감에 집중해야 하는
기간이면 집안은 난장판이 된다. 그럴 때면 저절로 탄식이

비어져 나온다. 하루라도 내 손이 닿지 않으면 엉망진창이
되는 이 집구석이 몸서리쳐지게 지긋지긋해지는 마음과 내가
소설만 쓰지 않으면 괜찮을 이 집구석이 애잔하게 느껴지는
마음이 수시로 교차하며 나를 짓누른다. 나는 두 가지 감정을
모두 담아둔다. 무겁고, 무거운 마음이다.

> 읽고 쓰는 삶이
> 포기하는 삶보다 견딜 만하다

그래도 나는 운이 좋은 편이었다. 계속 일이 주어졌고, 아이가
크게 아프지 않고 건강하게 자라주었다. 매번 감사하게
생각하는 부분이다. 아이가 선천적인 질병이 있거나 병치레가
잦은 편이었다면, 어쩔 수 없이 내게 주어진 모든 시간과
에너지를 아이에게 쏟아부었을 테다. 아이는 낯을 크게 가리지
않아 기관에도 잘 적응하는 편이었고, 엄마와 떨어져 시터나
외할머니에게 맡겨지는 상황도 '쿨하게' 받아들였다. 나는
아이 때문에 소설을 포기한 작가가 되고 싶지 않았다. 아니
그보다는, 실패한 작가가 되어 아이에게 그 탓을 돌리는 엄마가
되고 싶지 않았다. 이런 마음이 아이에게 고스란히 전해질까
봐, 매일매일 사랑할 시간도 모자란 아이를 혹시나 미워하게
될까 봐 미리부터 걱정하며 두려워할 때가 많았다. 나의 불안과

두려움에 크게 개의치 않고 무탈하게 자라준 아이에게는 매번 고맙고 미안한 마음이 든다. 그러나 너무 고마워하지 않고, 너무 미안해하지 않으려 의식적으로 노력한다. 아이와 내가 서로 최선을 다해 사랑하되 서로에게 빚지는 듯한 관계가 되지 않기를 바라기 때문이다.

집필 노동은 명확한 출퇴근 시간이 없는 일이라 고단하고 피로한 나날의 연속이었지만, 그 덕분에 이 일을 손에서 놓지 않을 수 있었다. '하필이면' 소설가라서, 매일매일 작업이 더 어렵고 고단하다고 여겨질 때도 많았다. 산문 작업은 절대적인 시간을 요구하기 때문이다. 책상 앞에 앉아서 긴 호흡으로 두루마리 휴지 같은 시간을 풀어쓰며 원고에 집중해야만 읽을 만한 글을 세상에 내놓을 수 있다. 부족한 능력으로 조각난 시간을 이어붙이며 자주 분열했지만 그럼에도 나는 여전히 소설이 좋다. 읽고 쓰는 삶이 그것을 포기하는 삶보다 한결 견딜 만하다는 걸 이제 경험으로 알기에, 가능하면 이 일을 오래 이어가고 싶다. 나는 소설 쓰기가 구석과 응달을 살피는 일이자, 사람의 마음을 들여다보는 일이라고 믿는다. 집마다 켜켜이 쌓여 있는 집구석의 사연을, 나와 타인의 마음 한구석을 짓누르는 아픈 기억을 나는 집구석에 머물러 소설을 쓰면서 조금 더 찬찬히 들여다보게 되었다.

고백하자면, 나는 나 자신을 비롯해 대부분의 인간에게 환멸과 싫증을 자주 느끼는 부류에 가깝다. 그런 내가 새로운 인간을 낳아 기르며 매번 벅찬 감정을 경험한다는 사실이 놀랍기까지 하다. 무턱대고 사랑하고 감탄하는 존재를 만날 수 있음을 아이를 통해 처음 배웠다. 육아는 자주 낙담하고 쉽게 비관하며 살아왔던 나의 태도가 실은 아주 오만한 것이었음을 깨닫는 과정이기도 했다. 작고 따스하며 말랑한 아이를 품에 안으면 겸손한 마음으로 세계의 안녕을 기도하게 된다. 이 세계가 지금보다 나은 곳이 되어야 한다는 간절한 바람과 애써서라도 그렇게 만들고 싶다는 의지가 생긴다.

10여 년 전 북토크에서 비혼의 여성 작가에게 소리치던 세 아이 엄마를 떠올리면 여전히 마음이 착잡해진다. 결혼하지 않고 아이가 없는 경우라도 소설 쓰기란 결코 만만한 작업이 아니다. 그렇다고 해서 아이를 키우면서 소설을 쓰는 작가가 더 대단한 것도 결코 아니다. 각자의 삶과 작업은 모두 존중받을 가치가 있으며, 작가란 (자녀의 유무가 아니라) 작품으로 자신을 증명해내야 하는 사람일 뿐이다. 이것은 모든 양육자에게 해당되는 말이기도 하다. 일과 양육, 작업과 양육을 병행하는 사람을 양육에 집중하는 삶을 선택하는 사람보다 더 높게 평가할 이유는 없다.

결혼을 한 것도, 소설을 쓰기로 한 것도, 아이를 낳아 키우는 것도 모두 내 선택이었다. 모든 것은 내 선택이었으므로, 그에 대한 책임도 내 몫인 게 당연하다고 여겼다. 이왕이면 내 선택이 결과적으로 나쁘지 않았음을

김
유담

증명하고 싶기도 하다. 동시에 그 마음이, 내가 가지 않은 길을 폄하하는 방식으로 작동해서는 안 된다고 다짐한다.

소설 쓰는 일을, 더군다나 아이를 낳아 기르며 소설 쓰기를 병행하는 삶을 나는 그 누구에게도 권하기 어렵다. 책은 읽히지 않고 경제적인 보상은 턱없이 적은 데다 건강을 해치기도 쉽다. 그럼에도 읽고 쓰는 일을 삶에서 분리하지 못하는 희귀한 종족들이 이 세상에는 있다. 이 글을 쓰기까지 오랫동안 망설였다. 내가 얼마나 과중한 피로에 시달렸는지, 어떻게 잠을 줄이면서 살았는지 이야기하는 것은 사실 다른 동료 작가나 양육자들에게 하등 도움이 되지 않을 테니 말이다. 하지만 글을 쓰고 싶은 열망을 품고 있지만 여러 사정으로 그것을 묻어두어야 하는 누군가에게 꼭 가닿았으면 하는 이야기가 있어 용기를 냈다. 당신의 손길 없이는 당장 생존을 영위할 수 없는 누군가를 돌보는 일에 종사하면서 무언가를 쓰고 싶은 여성들에게, 당신의 작업과 희귀한 종족의 기질을 포기하지 않기를 바란다고 꼭 전하고 싶다. 동시에 작업을 이어갈 수 없는 당신의 상황도 충분히 이해한다고, 그것을 어렵사리 헤쳐나가지 못하는 자신을 너무 자책하거나 주변 환경을 너무 미워하지 말라고도 덧붙이고 싶다. 언젠가 우리가 집구석을 벗어나 함께 만날 수 있기를 바란다. 그때까지 구석에서 웅크리고 있는 시간이 마냥 마이너스는 아닐 거라고 믿으며, 그러니까 조금만 더 버텨보자고 말하고 싶다.

김유담

어려서부터 작가가 되고 싶었다. 글쓰기에 대단한 재능을 지 녔다고 착각하던 시절도 있었으나 처절한 습작기를 보내며 재 능의 부족을 실감했고, 그럼에도 소설을 쓰고 싶은 마음을 포 기하지 못해 오랜 습작 끝에 2016년 《서울신문》 신춘문예에 당선되어 소설가로 데뷔했다. 작가는 오랜 꿈이었지만, 엄마 가 되는 삶은 꿈꿔본 적이 없었다. 2018년 겨울, 아이를 낳은 뒤로 소설 없는 삶을 상상할 수 없듯 아이와 함께하지 않는 삶 도 살아갈 자신이 없다고 생각하고 있다.

작가를 꿈꿨던 것은 문학에 몰두하는 우아한 삶의 태도 를 열망하는 마음에서 비롯된 것이었으나, 실제로 어린아이 를 키우며 소설을 쓰는 삶은 부족한 시간과 체력에 쫓기며 하 루하루를 겨우 넘기느라 허덕이는 나날의 연속이다. 스스로 를 '읽고 쓰는 일에 종사하는 워킹맘'이라 정체화하며, 꿈꾸던 대로 살지는 못해도 계속 쓰는 사람으로 살 수 있어서 다행이 라 여긴다. 소설집 『탬버린』, 『돌보는 마음』, 장편소설 『이완 의 자세』, 『커튼콜은 사양할게요』 등을 출간했다.

정
아은

한없이 넓은 세상에
발을 들이던 순간

소설가

재미있다고?

'물리 이야기'가?

아이는 책을 읽고 있었다. 나는 침대에 비스듬히 기대어 책을 보는 아이를 채근했다. 늦었어! 얼른 자라! 아이는 아쉽다는 듯 내게 책을 넘겼다. 안녕히 주무세요. 잘 자라. 인사를 나눈 뒤 방문을 닫고 나오는데 조금 전 봤던 책 표지가 머릿속에 맴돌았다. '○○○ 물리 이야기'라는 제목이었다. 내 방으로 건너가면서 고개를 갸우뚱했다. 물리 이야기라고? 그런 걸 왜 보지? 생각해보니 요 며칠 아이가 그 책을 들고 있는 걸 몇 번 본 적이 있었다. 다음날 밤, 잘 시간을 넘긴 아이에게 가보니 같은 책을 또 읽고 있었다. 선 채로 아이가 책장을 넘기는 모습을 지켜보다가 물었다.

"그 책 왜 보는 거야?"

초등학교 6학년인 아이는 영혼이 붙들리기라도 한 양 게임에 목마른 시기를 맞는 중이었다. 내버려두면 눈 떠 있는 내내 게임만 할 기세라 아이와 협약을 맺었더랬다. 일정 시간 이상 책을 읽으면 일정 시간 게임을 할 수 있게 해주겠다는 협약을. 아마 '물리'가 들어간 제목의 그 책도 게임을 하기 위한 목적으로 읽고 있으리라.

"재밌어서."

책에서 눈을 떼지 않은 채 아이가 말했다.

나는 눈을 크게 떴다. 그제야 이 책을 몇 페이지 읽었으니 게임을 얼마만큼 하게 해달라고 아이가 요구한 적이 없다는 사실이 떠올랐다.

"너 지금 뭐라 그랬어?"

아이가 귀찮다는 듯 올려다보며 다시 입을 열었다.

"재밌다고."

나는 입을 벌린 채 조금 전 귀로 들어온 말을 곱씹었다.

"재미?"

재미있다고? '물리 이야기'가? 대답 없이 책장을 넘기던 아이가 새로운 페이지에 나온 그림을 뚫어지게 들여다보았다. 원과 선과 화살표와 숫자 몇 개가 쓰인 그림이 시야에 들어오는 순간, 나는 알았다. 이 아이, '나의 차남'이라는 역할을 해내고 있는 이 생명체가 저 그림을 저렇게 골똘히 보는 것은 순전히 그러고 '싫기' 때문임을. 눈앞에서 벌어지고 있는 몰입 독서의 광경은 게임을 하기 위해 억지로 행해지는 게 아니라 자의에 의해, 즐거움을 위해 행해지고 있음을.

어떤 일은 단초가 되어 서서히 커다란 그림을 볼 수 있게 해준다. 그날 밤 내가 마주친 그 광경이 그랬다. 내 작은아이가 '물리' 책을 재미 때문에 읽는 종족이라는 깨달음이 온 뒤, 과거에 풀지 못한 채 넘어갔던 물음표들이 하나하나 풀리기 시작했다.

나의 차남은 누군가에게 들은 말을 곧이곧대로 받아들이는 아이다. 예를 들면 이런 식이다. 친구 집에서 놀다가 저녁에 그 집 엄마가 아이에게 저녁을 먹고 가라고 한다. 아이는 신나서 내게 전화를 하고, 상황을 들은 나는 이렇게 말한다. "그 집에는 할머니도 와 계시고 해서 네가 저녁을 먹고 오면 안 될 것 같아." 아이는 내 말을 이해하지 못한다. "아니야. ○○ 엄마가 먹고 가라고 했어." 나는 다시 말한다. "○○ 엄마도 속으로는 네가 이만 가줬으면 하는데 차마 말을 못 하고 인사말로 저녁 먹고 가라고 했을 거야." 내 말이 끝나기도 전에 아이의 성난 음성이 날아온다. "아니야. ○○ 엄마가 괜찮다고 했어!" 분노와 억울함이 잔뜩 섞인 음성. 내 음성에도 서서히 분노가 섞이며 데시벨이 올라간다. 안 된다니까! 그 집 사정이 안 된다고! 몇 번 실랑이를 벌인 뒤, 아이는 전화를 끊고 집에 온다. 집에 돌아와 저녁을 먹는 동안 엄마와 시선을 맞추지 않는다. 아이의 머릿속에서 엄마는 나쁜 사람이다. ○○ 엄마가 먹고 가도 된다고 했는데 엄마가 안 된다고 했으니 ○○ 엄마=좋은 사람, 내 엄마=나쁜 사람인 것이다. 작은아이를 키우면서 이런 일이 종종 있었고, 그때마다 나는 당황했다. 그렇게 말해줘도 못 알아듣다니, 커다란 벽과 마주하는 것 같았다.

내가 키운 첫 번째 아이(현재 고등학생)는 작은아이와 달랐다. 큰아이는 누군가 무슨 말을 하면 그 이면에 도사린 상황과 거기에서 파생되는 의미를 금세 파악했다. 위에 예로 든 상황 속 아이가 큰아이였다면, 내가 '그 집 분위기'를 설명한 순간 바로 알아듣고 집으로 왔을 것이다. 다음에 유사한 상황이 벌어지면 자기가 알아서 상황을 파악한 뒤 집으로 돌아와 "○○ 엄마가 밥 먹고 가랬는데 표정 보니까 곤란해하시는 것 같아서 집으로 왔어."라고 말했을 것이다.

한 사람의 입에서 나오는 말과 그 말을 하는 사람의 실제 마음이 다를 수 있다는 것을 본능적으로 알아차리는 큰아이는 어른들끼리 하는 대화 내용에 관심이 많았다. 내가 식탁에 앉아 친구들(제 친구 엄마들)과 이야기를 나누고 있으면 거실에서 제 친구들과 놀면서도 귀를 쫑긋 기울여 어른들 사이에 오가는 대화 내용을 엿들었다. 그래서 아이에게 감추고 싶은 얘기를 할 때는 귓속말로 하거나 적어서 주고받는 수고를 해야 했다. 작은아이의 경우, 한 번도 그런 적이 없었다.

작은아이는 어른들이 하는 이야기에 관심을 갖지 않고
친구들과의 놀이에 흠뻑 빠져들었다.

밥상에서 내가 주위 사람들과 있었던 소소한 에피소드나
지나간 이야기를 해줄 때도 같은 양상이었다. '이러이러한
마음으로 그랬을 거야.'라고 특정 인물이(주로 누구누구 엄마나
할머니 같은 가까운 이들) 했던 말에 대한 추론을 늘어놓으면
큰아이는 눈을 빛내며 온몸이 귀가 되는 데 반해, 작은아이는
집중하지 않거나 딴짓을 했다. 가끔은 엄마가 그걸 어떻게
아느냐고 조목조목 따지기도 했다. 따지는 근거는 모두 상대가
했던 '말'에 있었다. 그 사람이 그렇게 말하지 않았으니 엄마가
추론한 내용과 같은 생각일 리 없다는 것이었다. 내가 추론
근거로 삼은 건 모두 그 사람의 표정이나 그 사람이 처한 상황,
즉 말 너머의 요소들이었다. 표면으로 드러나지 않는 요소를
들먹이며 계속 밀어붙일 수 없었기에, 작은아이의 말에 몇 번
답해주다가 그냥 넘어가버렸다. 그리고 생각했다. '어우, 얘랑은
좌우지간 말이 안 통해.'

그런 일들을 겪으며 내 안에서 작은아이는 '똑똑하지 못한
아이' 혹은 '못된 아이'로 자리 잡았다. 하나를 말해주면 바로
알아듣고 상황 파악을 한 뒤 센스 있게 대응하는 큰아이는
똑똑하고 착하지만 작은아이는 그에 못 미치니, 그냥 포기하고
받아들이자고 생각했다.

정
아 은

40년간 닫혀 있던 문이
열리던 날

'물리 이야기'를 손에 들고 있는 광경을 마주한 뒤, 그동안
있었던 일화들을 완전히 다른 각도에서 보게 되었다. 그러니까
작은아이가 보인 반응을 '똑똑하지 못함' 혹은 '못됨'이 아니라
'나와 다름'이라는 관점에서 보게 된 것이다.

　　작은아이는 사람 사이에 오가는 말과 그 저변에 있는
마음 간의 간극 같은 인간적인 요소보다 사물과 숫자에 더
관심이 많았다. 두루뭉술한 추론과 느낌의 세계보다 확실하고
오해의 소지가 없는 규칙과 원리의 세계에 더 흥미를 가졌다.
주변 상황을 유심히 관찰한 뒤 가족 중 누구도 눈치채지
못했던 것을 알려주는 경우도 종종 있었다. 방문했던 식당의
이름이나 위치를 정확히 기억했다가 알려줄 때도 있었고,
함께 외국 여행을 갔을 때 내 가방에 접근해 무언가를 훔쳐
가려는 사람을 발견해 소매치기당할 위험을 모면하게 해준
적도 있었다. 누군가가 입으로 하는 말과 실제 생각하는 바가
다른 데서 오는 괴리를 읽어내고 그에 걸맞게 대처하지는
않았지만, 누군가가 하는 말을 액면 그대로 받아들이고
믿어주었다. 상대가 '좋아'라고 대답하면 그대로 받아들인
뒤 두 번 생각하지 않았다. 그 순간에는 '좋아'라고 말했지만
생각해보니까 그게 진심은 아니었던 것 같아. 아, 그 사람이

대체 왜 그렇게 말했을까. 본심이 뭐였을까. 생각하며 골머리를 앓거나 하지 않아도 되는 오해를 만들어내지도 않았다.

구시대적인 표현을 써서 말한다면 작은아이는 '이과형 인간'이었다. 나는 평생을 '극심한 문과형 인간'으로 살아왔다. 내가 대면한 첫 양육 대상도 '문과형 인간'이었다. 내 머릿속에는 나 같은 인간, 즉 사람을 보면 그 저변에 자리한 진짜 마음을 읽어내려고 노력하는 인간이 '똑똑하고' '배려심 있는' 인간이라는 선입견이 있었다. 나 같은 인간상이 아닌 다른 이들, 즉 내가 하는 말의 저변을 읽어내려 들지 않고 그 결과 '굳이 말해주지 않아도 알아서 한 번 더 생각하고 배려해주는' 스타일이 아닌 이들은 '똑똑하지 않'거나 '못된' 것이라고 생각했다.

문학과 역사를 좋아하고 수학과 과학이라면 말만 들어도 두려움에 몸을 떠는 나 같은 인간에게는, 물체와 물체 사이에 있는 힘·법칙·원리를 밝혀내는 책을 '재미'로 읽는다는 건 상상도 할 수 없는 일이었다. '물리 이야기'가 들어간 제목의 책을 며칠 동안 침대에서 붙잡고 있던 아이의 입에서 '재밌어서'라는 말이 나와 내 귀에 꽂히는 순간은, 내가 그동안 얼마나 좁은 세계에 갇혀 편협한 잣대로 세상을 보고 있었는지를 깨달아가는 여정의 첫 관문이었다. '재밌어서'라고 말하던 아이의 표정·몸짓·망설임 없는 발성이 비로소 40여 년간 견고하게 닫혀 있던 내 좁은 세계의 문을 열어주었던

정
아 은

것이다.

'순수' 콤플렉스를
마주하기까지

어릴 때부터 품어온 콤플렉스가 있다. 내가 '순수하지
못한 사람'이라는 괴로움이다. 학창 시절, 담임선생님과의
이별을 목전에 두고 같은 반 친구들이 펑펑 울 때, 나는
울지 않은 채 울지 않는 나를 책망하고 괴로워했다. 반 친구
중 한 명이 재미있는 말을 했을 때, 나는 폭소를 유발한
친구의 말에 포함된 비하적인 코드를 읽어내고 당황했다.
누군가 내게 호감을 표하면, 그 사람의 마음을 액면 그대로
받아들이기보다, 그 사람의 마음 깊숙이에 도사린 의도에
대해 생각했다. 처음부터 그렇게 해야겠다고 작정한 게 아니라,
자동으로 내면 회로가 그렇게 돌아갔다. 나는 그런 내가
너무 싫었다. 계산적이고 순수하지 못한 사람 같았다. 왜? 왜
남들은 모두 덥석 받아 안는 일을 나는 이리 재고 저리 재면서
저울질하는가? 왜 나는 그 순간에 온전히 몰입해 웃거나 울지
못하는가?
　이러한 나에 대한 사람들의 호불호도 뚜렷이 나뉘었다.
어떤 이들은 나를 '똑똑하다', '배려심 있다'며 좋아했지만,

다른 이들은 '계산적이다', '되바라졌다', '아이답지 못하다'고 얄미워했다. '나'의 주인인 나는, 압도적으로 후자였다. 나는 다른 아이들이 울 때 같이 눈물 흘리려 노력하고, 다른 아이들이 웃을 때 과장되게 웃으며 '나'를 개조하려 했다. 사람의 말을 있는 그대로 받아들이고 순수하게 감정을 표현하려 했다. 하지만 그 일은 쉽게 이루어지지 않았다. 몇 번 성공하는 듯하다가도, 어느 순간에는 타인의 본심을 읽어내려 하는 나를 발견했다. 누군가를 '좋아한다'고 말하는 사람의 마음 한구석에는 반드시 '싫어하는' 마음이 섞여 있기 마련이었고, 그 상반된 경향이 함께 들어 있는 복잡한 사람의 마음을 탐구하고 밝혀내는 작업은 굉장한 매혹이었다. 결국 나는 '순수한' 사람으로 변모하지 못한 채, 언제나 '순수해' 보이는 사람들을 동경하고 부러워했다.

아이의 입에서 '물리 이야기'가 재미있다는 말이 나온 순간 이 모든 것이 하나로 연결되며 뒤통수를 맞은 것처럼 깨달음에 경지에 이르렀던 것은 아니다. '순수'에 대한 내 오랜 콤플렉스를 아이가 보게 해준 세상과 연결해 총합하고 반추하는 과정은 서서히, 여러 해에 걸쳐 진행되었다. 초등학교를 졸업하고 중학생이 되면서 작은아이는 점점 더 제 성향을 강하게 드러냈다. 어떤 사건에 부딪혔을 때, 아이는 사건에 관련된 타인의 마음을 읽어내고 '진짜 마음'과 대결해 사태를 해결하려 들지 않았다. 겉으로 확연히 드러난

'팩트'만을 가지고 항변하다가, 안 되겠다 싶으면 대화를
멈췄다. 한 번 합의에 이른 문제에 대해서는 다시 왈가왈부하지
않았다. 결과를 받아들이고 그에 맞추어 일상을 조정했다.
이제 아이를 나와 '다른' 존재로 사고하게 된 내게, 그런 아이는
너무나 매혹적이었다. 나와 협상을 마친 이후에도 미련을
버리지 못하고 자꾸만 내 마음을 읽고 조정하려 드는, 내
말 너머에 있는 본심을 파악하고 그 본심에 호소하려 드는,
그래서 나와 복잡하고 난해한 심리전을 마르고 닳도록 벌이기
마련인 큰아이에 비해 이 예쁜 중학생은 얼마나 깔끔하고
시원스러운가! 이 구역의 진정한 똑똑이, 진짜 착한 아이는
너였구나! 나는 감탄하고 또 감탄했다.

　어느 날, 하교해 집에 돌아온 작은아이가 오늘 학교에서
'시'를 배웠다면서 이렇게 투덜거렸다.

　"시는 너무 억지스러워."

　나는 빙그레 웃었다.

　"시가 억지스러워? 왜?"

　"풀밭이 바람에 흔들리는 걸 보고 강아지가 꼬리를 흔드는
것 같다는데, 그게 말이 돼? 풀이 풀이지 왜 강아지 꼬리야?
그런 억지가 어디 있어?"

　와우. 나는 고개를 젖히고 깔깔깔 웃었다. 세상에. 어쩌면
제 형과 이렇게 다르단 말인가. 몇 년 전 학교에서 윤동주의
「서시」를 배웠던 날, 큰아이는 집에 돌아와 내게 낭송을

64

해주었더랬다. '○간지' 나지 않느냐며 흥분해서 몇 번이고 윤동주의 언어를 읊어댔더랬다. 그런데 이제, 작은아이가 내게 와서 전혀 다른 두 개념을 이어붙이는 문학의 한 장르를 '억지'라고 푸념하고 있는 것이다. 세상에. 이 둘이 정녕 같은 배에서 나온 형제란 말인가. 눈앞에 있는 열세 살짜리 소년, 나와 외모상 꼭 닮아 있으면서도 내면에는 대단히 다른 성향을 지닌 생명체의 '다름'이 눈부시게 빛났다. 어려운 수학 문제를 풀면서 '쾌감'을 느낀다고 말하고, 물리를 배우게 되어서 속이 시원하다고 말하는 이 아이는 얼마나 놀라운가. 이 아이의 내면에서 벌어지는 희로애락의 세계는, 나로서는 그 100만 분의 1도 헤아려볼 수 없는 세계인 것이다. 아아, 신은 '다름'으로 인간들이 서로를 사랑하게 만들었구나!

예전이었다면 '시'를 이해하지 못하는 작은아이가 '똑똑하지 않다'고 생각했을 것이다. 아무런 관련이 없는 두 존재를 나란히 놓고 연결해 사유하는 '시'는 사피엔스종이 이룬 가장 고급스러운 유희요 문화유산인 것을, 뭘 모르는 너는 그것을 이해하지 못하는구나, 쯧쯧쯧. 혀를 차며 '우월한 세계'에 입성하지 못한 상대를 내려다보았을 것이다. 그러나 다행히도 나는 그렇게 반응하는 차원을 벗어나 있었다. 시를 '억지스럽다'고 말하는 눈앞의 아이 덕분에 작고 편협했던 세계에서 문을 열고 나와, 넓고 다채로운 세계에 발을 들여놓은 상태였다.

정
아은

그날 밤, 내게 기념할 만한 소소한 사건이 일어났다. 시에 대해 '억지스럽다'며 못마땅함을 표하던 아이의 마음을 떠올리며 피식피식 웃다가, 아, 하고 내면 깊숙한 곳에서 길게 흘러나오는 탄성을 내질렀던 것이다. 그 탄성의 출처는 하나의 생각, 풀밭과 강아지 꼬리가 어떻게 같냐며 열변을 토하는 아이가 내가 어릴 때부터 그토록 부러워하고 닮고 싶어 했던 '순수한 사람'이라는 생각이었다.

그렇구나.

그것이었구나.

내가 '순수하다'고 생각하며 동경했던 인물들은 대개 액면 그대로 상황을 받아들이는 사람들, 즉 '이과형 인간'에 가까운 이들이었다. 타인의 말을 들은 그대로 받아들이고, 증명된 확실한 '팩트'에 기반해 판단을 내리는 사람들, 감정이 치밀어 오르면 그 감정에 순수하게 몸을 싣고 빠져드는 사람들이었다.

평소 나처럼 사고하거나 행동하지 않는 이들을 싫어해왔다고 생각했다. 굳이 말로 하지 않아도 비언어적인 덩어리를 읽어내고 기민하게 반응하는 '배려심'이 없다고 원망해왔다 생각했다. 실제로 그런 경우가 많았다. 나는 자주 상대가 나만큼 여러 번 생각하고, 나만큼 숙고한 뒤, 나처럼 반응해주길 바랐고, 그렇지 않은 경우 상대가 '못된' 것이라 생각했다.

돌아보니 호불호의 양상은 단순하지 않았다. 나는 나와

다른 성향의 인간상을 미워하기만 한 것이 아니었다. 마음 한 켠에서, 내 성향과 정반대 지점에 서 있는 이들을 '순수하다'고 추앙하고 동경해왔다. 나와 기질적으로 다른 존재에게 극도의 추앙과 가차 없는 비하를 동시에 가하며 살아온 셈이다. 그리고 그런 내 모순적인 평가와 그와 정확히 비례해 이루어졌던 나 자신에 대한 모순적인 평가에 대해 들여다보고 고개를 끄덕이게 해준 사람이 바로 내 작은아이라 불리는 인물이었다. 내가 '순수하다'고 평가해온 일련의 특성들은 일종의 경향성이었다. 확실하게 드러난 팩트와 인간이 만들어놓은 '이미 굳어진' 결정체(=사물)에 관심을 갖는 이들이 비교적 많이 내보이게 되는 경향성. 불확실하고 끊임없이 변하며 어느 한순간에도 100퍼센트 파악하는 일이 불가능한 놀라운 유동체(=인간의 마음)에 미친 듯한 호기심과 관심을 갖는 내게는 비교적 적은 함량으로 내포된 특성이었다.

소설 쓰기를 직업으로 삼은 자가 갖추어야 할 가장 중요한 조건은 폭넓은 사고다. 흥미로운 스토리를 짜는 일도, 근사한 문장을 만들어내는 일도, 편견 없이 있는 그대로 사람을 받아들이는 능력을 갖춘 뒤에야 비로소 가능해진다. 우물에 갇힌 자는 제가 있는 곳이 우물임을 알지 못한다. 우물 바깥으로 나왔을 때야 그동안 머물러온 곳의 실체를 파악하고 경악한다. 스스로를 활짝 열린 사고의 소유자라고 자만해온 나는 얼마나 어리석었던가. 그동안 나와 다른 성향을 가진

정
아은

사람들에게 단순하고 편협한 잣대를 들이대며 살아왔다. 그런 내 사고와 가치관은 내가 써온 글들에 고스란히 드러났을 것이다.

엄마가 된 뒤, 양육에 드는 수고와 그에서 비롯되는 스트레스를 만방에 알리지 못해 안달하며 살아왔더랬다. 아이 둘을 키우느라 시간이 모자라서 '대작가'가 되지 못한다고 굳세게 믿어왔더랬다. 이제 알겠다. 양육에서, 그리고 양육을 위한 가사 노동에서, 누구도 주지 못했던 깨달음이 흘러나와 내게 스며들었음을. 그 깨달음이 향후 내가 해나갈 작업에 가장 중요한 밑거름이 되어줄 것임을. 양육과 가사 노동은 매일 떨어져내리는 시시포스의 바위이지만, 동시에 내게 매 순간 땅에 발을 붙이고 서서 나를 돌아보게 하는 매섭고 강력한 스승이었다. 타인과 깊게 연결되는 과정에서 내 세계를 확장하도록 해주는 귀한 기회의 장이었다.

정아은

―――――――

은행원과 컨설턴트, 통·번역가 등 다양한 직업을 거친 후 2013년, 잦은 이직 경향과 경쟁 분위기에서 생존해야 하는 현대인들의 생활상을 담아낸 장편소설『모던하트』로 제18회 한겨레문학상을 수상하며 작가로서 활동을 시작했다.

　　장편소설로는 한국 교육의 난맥상과 그에 얽혀 형성되는 공간사를 그린『잠실동 사람들』, 외모가 화폐처럼 작동하는 현대를 살아가는 젊은이들의 삶과 사랑을 담은『맨얼굴의 사랑』, 대중의 광기와 지식인의 위선을 형상화한『그 남자의 집으로 들어갔다』, 사회규범에서 깨어난 여성의 초상을 그린『어느 날 몸 밖으로 나간 여자는』을 썼다. 에세이로는 '좋은 엄마'라는 강박관념과 사회에 정립된 고정적인 모성상을 여러 측면에서 분석한『엄마의 독서』, 자신의 노동을 노동이라 말하지 못하는 '주부'의 사회적 위치를 자본주의의 역사와 엮어 조망한『당신이 집에서 논다는 거짓말』, 문학과 역사 속 인물들의 삶을 통해 '사랑'의 개념과 의미를 풀어낸『높은 자존감의 사랑법』을 썼다.

　　최근에는 2021년 11월 23일 세상을 떠난 어느 문제적 인물의 삶과 그를 끝내 단죄하지 못했던 대한민국의 근원적 모순을 탐색한『전두환의 마지막 33년』을 펴냈다.

장
수연

달리는 품 안에서도
아이는 잘 자란다는 믿음

라디오 PD

네 개의 스케줄표

과거 맹자의 어머니가 자식 교육을 위해 이사를 했다면, 현대 한국의 엄마들은 라이딩을 한다. '학원 뺑뺑이'가 아이가 알아서 학원을 전전한다는 의미인 줄 알았는데, 그건 집 근처에 학원이 널려 있는 동네에서나 가능한 이야기였다. 아이의 성향과 수준에 맞는 학원을 찾아('찾아'라고 간단히 표현했지만 여기에 얼마나 지난한 수고가 담겨 있는지는 해본 사람만 안다. 검색하고, 수소문하고, 찾아가 레벨테스트를 치르고, 상담을 받고, 등록해서 보내본 뒤 아이와 맞지 않으면 다시 옮기기 위해 검색하고……) 보내면서 잘 적응하는지, 선생님은 꼼꼼하고 친절하게 잘 가르치는지 살피지 않으면 아이의 실력은 늘지 않은 채 학원비만 버리기 십상이다. 학원 전기요금을 내주는 엄마, 다른 말로 호구가 되는 것이다. 몇 번쯤 그런 신세가 되고 나서야 '학원 뺑뺑이'도 쉬운 게 아님을 깨닫고 뒤늦게 여기저기 알아보니, 아이와 내 마음에 드는 학원이 집 근처에 있거나 차량 운행을 해주는 행운이 의외로 흔치 않았다. '차로 몇 분만 데려다주면 되는데' 싶어서 욕심내다가 어느새 내 스케줄이 라이딩으로 가득 차버렸다. 문제는 내게 아이가 셋이라는 것이고, 더 큰 문제는 내가 직장에도 다니고 있다는 것이다.

아침에 눈뜰 때부터 침대에 누울 때까지, 나는 분 단위로 하루를 산다. 회사와 집을 오가며 라이딩을 해주고, 여의찮을 때는 택시를 불러준다. 한 번에 한 가지 일을 하는 경우가 거의 없다. 편집하며 김밥을 먹고, 운전하며 전화하고, 아이들이 학원에서 공부나 운동을 하는 동안 다음날 방송의 선곡을 한다. 팀 회의는 점심을 먹으면서, 장 보는 건 틈틈이 핸드폰으로, 드라마나 예능 프로그램 모니터링은 무조건 1.5배속으로. 일과 중에 일을 다 마치지 못하는 날이 많아 보통 노트북을 싸 들고 퇴근한다. 내가 일을 다 했든 못 했든 아이를 학원에 데려가야 하는 시간은 정해져 있으므로. 밤에 아이들을 재우고 다시 회사로 나오는 날도 잦다. 나를 찾는 사람이 아무도 없는 밤, 그제야 일에 집중할 수 있어서 새벽까지 달게 일한다. 서너 시간 눈 붙인 뒤 출근하면, 그날은 몸이 무거워 밤에 잘 수밖에 없다. 하룻밤 새고 다시 하룻밤 자는 셈이다. 격일로 자는 일상. 그러지 않으면 약속한 일을 다

해낼 수 없다. 아니, 그러고도 다 못 해내는 일이 태반이다.(이 글도 마감일보다 늦었다.) 저녁 약속은 끊은 지 오래고, 점심 약속도 용건 없이 순수하게 '밥만' 먹는 경우는 드물다. 만일 당신이 나와 식사 약속을 잡았다면 내가 진심으로 애정한다는 뜻이다. 나와 티타임을 가졌다? 아마 내게 돈도 빌려갈 수 있을 것이다.

나는 두 아이의 학원 스케줄표와 내 스케줄표, 맡고 있는 프로그램의 스케줄표까지 총 네 종류의 일정표를 월간 단위, 주간 단위로 업데이트하며 시간을 관리한다. 시간 관리에 관해서는 할 말이 많기도 하고 없기도 하다. 세간의 흔한 조언들, 선택과 집중을 해야 한다거나 어떤 일정 관리 툴이 좋다는 식의 팁이 '아이 셋 워킹맘'에게는 통하지 않기 때문이다. 특히 '선택과 집중'은 내가 요즘 제일 싫어하는 말이다. 무엇도 포기할 수 없는 선택지 앞에서 그 말은 참으로 공허하고 무력하다. 아이의 병원 예약과 회사 일이 겹칠 때, 대체 무엇을 버려야 하나? 학원 라이딩 때문에 내 운동 스케줄을 취소할 때면, 정말 우울하다. 그건 선택도 집중도 아니다. 중요도와 우선순위를 계산할 시간에 차라리 빨리 움직이는 게 낫다. 결국은 다 해내야만 하는 일이므로. 다만 베이비시터와 남편에게 맡길 일을 배정하긴 한다. 최소한의 계산이 끝나면, 아이의 손을 잡고 뛴다. 마음에 여유가 있을 때면 "우리, 저기까지 누가 먼저 가나 시합할까?" 하며

장
수연

놀이하는 척 뛰고, 그럴 기분이 아닐 때면 서두르라고 다그치며 뛰고, 최악의 경우에는 아이를 '들고' 뛴다. 온종일 이리저리 뛰어다니며 'To do list'의 목록을 하나씩 지워나가다 보면 어느새 밤이다. 언제나 못다 한 일이 리스트에 남아 있는 채로.

그러니까 나의 체크리스트는 선택'하는' 게 아니라 다 못한 일이 포기'되는' 식으로 운영된다고 볼 수 있다. 그래서 또 내가 싫어하는 말이 '생각하는 대로 살지 않으면 사는 대로 생각하게 된다.'는 격언이다. 이런 내 허덕임을 힐난하는 것 같아 기분이 상한다. 사는 대로 생각하는 게 뭐가 어때서? 하루가 끝나고 나서야 내가 뭘 선택했고 포기했는지 알 수 있는데, 살고 나서 생각하는 것 외에 무슨 수가 있나?

스물네 시간을 블록으로 나눈 일정표에 마치 테트리스처럼 스케줄을 배치한다. 이것은 곡예와도 같다. 예술의 경지에 오른 나의 일정 관리 능력을 누군가에게 칭찬받고 싶은데, 내 일상을 제대로 아는 사람이 없으니 그럴 일도 없다. 남편만 가끔 '대단하다', '너 그러다 일찍 죽을 것 같다.'고 찬사(?)를 보내준다. 거열형(車裂刑). 죄인의 사지를 소나 말에 묶은 뒤 서로 다른 방향으로 전진시켜 신체를 찢어 죽이는 잔인한 처형법. 어떻게 해도 도저히 일정이 정리되지 않을 때는 이 단어가 머릿속에 떠오른다. 세 아이를 돌보는 일과 매일의 방송을 제작해야 하는 회사 일, 욕심껏 계약해놓은 책의 원고를 마감하는 일이 내 시간을 점유하려

제각각의 방향으로 나를 잡아끈다. 아이가 둘일 때까지는 이 정도는 아니었던 것 같은데, 셋째를 낳은 이후로는 '닥치는 대로 산다'는 표현 외에는 내 일상을 설명할 방법이 없어졌다. 늘 시간과 사투를 벌이는 느낌이다. 시간과 싸워 이길 방법은 없기에 매일 밤 패잔병처럼 지쳐 잠든다. 다 할 수 없는데, 다 하려고 하니 일상이 무리다. 몸과 마음의 부작용이 주기적으로 찾아온다. 쉴 틈 없이 질주한 반작용인지 어떤 날은 의미 없는 일로 시간을 쓰레기통에 버리듯 보내기도 한다. 오랫동안 저금한 돈을 한순간에 날려버리는 탕아처럼, 차곡차곡 모아놓은 시간을 탕진하고 싶은 비틀린 욕망이 불쑥 치솟는 것이다. 그러고 나면 얼마간 자기혐오에 시달려 고통스럽다. 그러나 추스를 새 없이 또다시 휘몰아치는 'To to list'에 끌려나가는 아침.

내게 주어진
몇 가지 행운

내가 잘못 살고 있는 것일까? 그럴 수도. 당신이 내게 하고 싶은 조언을 내가 맞혀보겠다.

회사에서 조금 떨어진 곳으로 이사하세요. 집이 회사와

장
수연

가까우니 라이딩이 '가능하다'고 생각하게 되잖아요. 일과
육아의 시간을 분리할 필요가 있어 보여요.

아이가 스스로 자신의 일정과 숙제를 컨트롤할 수 있도록
독립성을 키워주어야 해요. 그에 맞춰 그만큼만 학원을 보내는
게 맞아요.

'선택과 집중'을 할 수 없다고 했지만, 그게 근본적인 문제예요.
할 수 있는 만큼 하고, 할 수 없는 건 '안 되는 일'이라고 여기고
포기해야죠. 자기를 갈아 넣어서까지 '되게' 하려고 하면
어떡하나요.

너무 지쳐 보여요. 일단 좀 멈추고, 쉬는 게 좋을 것 같아요.

실제로 가까운 지인들이 내게 해준 말들이다. 다 맞는 말이라
더할 것도 뺄 것도 없다. 그런데 왜…… 왜 계속 이 미친 일상을
바꾸지 않는 것일까. 관성인가, 용기의 부족함인가, 미련인가.
　아마도, 아직 버틸 만하기 때문인 것 같다. 어처구니없지만
그렇다. 그런대로 굴러가니까, 할 만하니까 이대로 사는 거다.
이 '비인간적인' 일상이 어찌어찌 굴러가는 이유는 내 인생에
주어진 몇 가지 행운 덕분이다. 이 가운데 하나라도 없었다면
내 생활은 진작 붕괴됐을 것이다.

1. 내 직업이 라디오 PD라는 것이다. 일의 특성상 회사에 머무는 시간으로 업무 성취도가 결정되지 않고, 어느 정도 자율적으로 시간을 컨트롤할 수 있다. 게다가 15년 차 직장인이다 보니 같은 일도 전보다 빨리 능숙하게 해내는 구력이 생겼다. 얼마 전 셋째를 낳고 처음으로 데일리 프로그램과 특집 공개방송을 병행할 일이 있었는데, 걱정했던 것과 달리 큰 무리 없이 일상을 유지했다. 그간 여러 차례 공개방송을 연출한 경험으로 머릿속에 '업무 지도'가 그려지기 때문이었다.(그래서 나는 직업인으로서 어느 정도 궤도에 오른 뒤에 출산하는 게 좋다고 생각한다. 비록 나는 그러지 못했지만.)

2. 남편이 육아와 살림에 능숙해서 집안에서 벌어지는 모든 일을 내가 하든 남편이 하든 상관이 없다. 남편은 혼자서 세 아이를 먹이고 놀아주고 재울 수 있다. 이런 파트너가 흔치 않다는 것, 이게 내가 누리고 있는 '행운'이라는 것은 사실 안타까운 일이다. 남편 회사의 업무 강도가 센 탓에 나보다 육아에 쓰는 시간은 적지만, 그래도 남편은 스스로 휴가와 반차를 적극 활용하는 자세를 갖췄다. 이를테면 첫째가 5학년, 둘째가 2학년이 된 지금까지 '녹색학부모회'는 모두 남편이 커버해서 나는 한 번도 해본 적이 없다.(이걸 내가 고마워한다는 건 이상한 일이다. 아침에 첫째와 둘째 밥을 챙겨 먹이고 막내를 어린이집에 등원시키는 내가 어떻게 녹색학부모회까지 하겠나. 1년에 몇 차례 남편이

장
수연

응당 반차를 내고 해야 할 자기 몫의 육아일 뿐인데, 이런 파트너가 흔치 않다는 걸 알기에 나도 모르게 고마워하게 된다. 참 씁쓸한 행운이다.)

3. 100퍼센트 신뢰할 수 있는 베이비시터를 만났다. 우리 부부가 이분께 기대어 출근을 한 지도 벌써 10년 가까이 되어간다. 일과 육아 사이에서 끼니를 놓치는 날에는 내 도시락까지 챙겨주신다. 사방에서 내 시간을 뺏어갈 때, 내게 유일하게 시간을 쥐어주는 분이시다.

4. 회사와 같은 동네에 집을 얻어서 도보 15분 거리에 살고 있다. 회사가 강남에 있었다면 불가능했을 것이다. 전셋값 상승이 가파를 때는 감당하는 게 아슬아슬하기도 했지만, 어쨌든 아직 버티고 있다.

5. 여동생이 결혼을 안 한 데다 프리랜서다! 외할머니에 버금가는 육아 치트키가 결혼 안 한 이모라는 것을 내 사랑스러운 여동생 덕분에 알았다. 어떻게 해도 길이 안 보이는 거열형에서 몇 번이나 그녀가 나를 구해주었다.

6. 아이를 믿고 맡길 수 있는 어린이집이 회사에 마련되어 있어서, 아직까지 막내는 손 갈 일이 많지 않다. 감기에만 안 걸리면 되는데, 그럴 때는 남편이 휴가를 내거나 여동생에게

SOS를 칠 수밖에 없다.

7. 이웃에 육아 동지가 있어서 수시로 도움을 주고받는다.
말이 '주고받는다'이지, 내가 열 번 받으면 겨우 한 번 돌려주는
빈도다. 딸들끼리 절친이어서 부모들도 친구가 되었는데
운명처럼 남편끼리 동갑, 아내끼리 동갑이다. 각종 학원·운동
라이딩에 예기치 않은 구멍이 날 때 연락할 수 있는 보험 같은
친구. 보호자가 매일 하교 마중을 가야 하는 지독한 초등 1학년
시절을 그녀의 도움으로 건너왔다. 고맙다, 김해연.

8. 무너진 나를 일으켜 세우는 방법을 알고 있다.(이건 마흔
살 정도 나이를 먹은 덕분인 것 같다.) 바로 글쓰기와 요가다.
일주일에 한 번 요가 선생님과 만나는 시간이 나의 유일한 힐링
타임이다. "호흡합니다"라는 선생님의 주문은 마법처럼 나를
가라앉힌다. 한 번에 한 가지 일만 할 수 없는 내가, '숨쉬기'만
하게 만든다. 이 선생님과 운동을 한 지 5년째다. 일주일에
한 번 겨우 가는 정도라 근력과 유연성은 여전히 처참한
수준이지만, 이 한 시간에 일주일 치 숨을 몰아쉬고 있음을
안다.
　　글쓰기는…… 글쓰기를 내 인생의 무어라 표현해야
할까. 직업인도, 엄마도 아닌 나로 존재하는 이 행위 덕분에
직업인으로도, 엄마로도 살아갈 수 있다. 나는 일을 통해

　장
수연

성취감을 느끼고 아이들과 함께하며 행복감을 느끼지만, 글을 쓰는 동안은 나의 '존재감'을 느낀다. 일과 육아는 과하면 나를 흐릿하게 하는데, 글쓰기는 나를 진해지게 한다. 내가 나의 세상에서 살아가고 있다는 사실이 짙게 각인되면, 비로소 집으로, 회사로 들어갈 힘이 생긴다.

정신없는 표정을
들키지 않고 싶다

이런 커다란 행운들이 중첩되어 아이 셋을 둔 워킹맘으로 살인적인 스케줄을 버티고 있다. 말 그대로 버티는 것이라서, 아주 자주 자괴감이 든다. 이렇게 사는 게 맞는 건가, 나중에 후회하지 않을까, 지금이라도 일상을 다시 세팅해야 하는 건 아닌가, 매일 생각한다. 아이들의 학원비를 결제할 때면 '이번에는 그만둘까?' 고민하고, 요가 레슨을 가는 날이면 '바빠 죽겠는데 이 시간에 다른 걸 하는 게 낫지 않을까?' 망설이고, 남편과 저녁에 맥주 한잔할 때면 '희망퇴직을 하고 양양이나 고성에 가서 살면 어떨까?' 진지하게 계산기를 두드려본다.

바빠서 힘들지는 않다. 막막함과 불안이 힘들다. 아무리 뛰어도 속도가 나지 않는 것 같아 막막하고, 달리느라 품

안의 아이를 놓쳐버릴까 봐 불안하다. 작년 가을, 한 출판사와 약속한 글의 마감을 지키지 못하고 결국 '죄송하다'는 항복 선언을 한 적이 있다. 메일을 보내던 날, 너무 속상해서 울어버리고 말았다. 나는 원래 이런 사람이 아닌데, 시간만 질질 끌다가 약속을 어기는 무책임한 사람이 정말 아닌데, 내가 어떤 사람으로 살지 내가 결정할 수가 없었다. 시간에 대한 주도권을 잃는다는 건, 일하는 스타일도 인간관계를 맺는 방식도 삶의 태도도 장악할 수 없다는 뜻이라는 걸 알았다. 나는 회사에서 중견쯤 되는 차장이니 선후배들과 두런두런 이야기를 나누며 주변을 챙기는 역할도 해야 하는데, 술자리는 언감생심이고 점심 약속을 잡을 여유도 없이 겨우 맡은 프로그램만 하고 있다. 직장인으로서도, 엄마로서도, 작가로서도 0.5인분이다.

세 아이의 아버지이자 성공한 방송인인 어떤 분이, 아이들을 키우는 동안 너무 바쁘게 지냈던 걸 후회한다고 이야기해준 적이 있다. "예를 들어 식당 주인이 홀에서 테이블을 돌면서 '맛은 괜찮으세요? 오랜만에 오셨네요? 여행이라도 다녀오셨어요?' 하고 대화를 주고받아야 좋잖아요. 주인이 너무 바빠 보이면 손님도 불편해요. 지금 생각해보면, 그때 뭐 하나를 포기하고 좀 덜 바쁘게 살았으면 좋았겠다 싶어요." 그렇지만 대체 뭘 포기해야 한단 말인가. 그때의 그도 지금의 나도, 그러지 않았고 그럴 수 없다.

장
수연

다만 바라는 것은, 홀에서 손님과 있는 동안이라도
주방에서의 정신없는 표정을 감출 수 있었으면 하는 점이다.
모두에게 들키지 않기는 어려워도 아이들에게만큼은 들키고
싶지 않다. 적어도 이 정도로 살인적인 스케줄이라는 건
몰랐으면 좋겠다. 주인이 바쁘면 손님은 불편하다. 밑반찬이
떨어지거나 물이 떨어져도 부르기가 부담스럽다. 바쁜 엄마를
보는 아이들도 비슷하게 느끼지 않을까.

작은 보폭으로, 함께, 열심히

아직까지는 내 연기가 통하는지, 열두 살 큰딸은 종종
하굣길에 내게 전화해 '수다를 떨자'고 한다. 내 주변의 누구도,
회사 동료든 친구든 심지어 남편까지도 나에게 '수다를 떨자'며
전화해오지 않는다. 그들은 내가 바쁘다는 걸 안다. 그들도
만만치 않게 바쁠 것이고. 말하자면 우리는 '주방에서 만나는
사이'인 셈이다. 내 인생에서 '홀에 있는 사람'은 아이들이다.
특히 사춘기를 목전에 둔 큰딸은 특별히 잘 보여야 하는
VVIP이다. 딸이 내게 시시콜콜한 이야기를 늘어놓을 때
끝내주게 황홀하다. 아주 특별한 경우가 아니면, 하던 일을
멈추고 즉각 전화를 받는다. 나를 '심심할 때 전화해도 되는
사람'으로 생각하는 유일한 존재가 내 딸이라는 게, 나를 꽤

괜찮은 인간으로 느껴지게 한다. 달리는 내 품에서도 아이가 잘 자라고 있다는 생각에 불안이 다독여진다.

종일 달려도 좀처럼 속도가 나지 않는 막막함을 해결할 방법은 아직 찾지 못했다. 별수 있나, 좀 더 부지런히 움직이는 수밖에. 아이도 나도, 작은 보폭이지만 열심히 걷고 있다. 지금은 서로 부축하며 가느라 이 정도가 최선이지만, 언젠가 아이가 내 손을 놓고 혼자 달려나갈 날이 올 것임을 안다. 멀어지는 아이의 뒷모습을 보며 느리게 같이 걷던 시간을 그리워할 것도 안다. 그러니 힘을 내봐야지. 지금 느끼는 무게감이 발목에 채워진 모래주머니가 아니라 날 붙잡고 있는 아이의 존재감이라면, 힘을 낼 수 있을 것도 같다.

장
수연

장수연

MBC 라디오PD. 〈꿈꾸는 라디오〉, 〈정오의 희망곡〉, 〈이석훈의 브런치카페〉, 〈라디오 북클럽 김겨울입니다〉 등을 연출했다.

결혼하자마자 계획에 없던 임신을 했다. 내 인생이 '엄마'로 주저앉혀질지 모른다는 생각에 과하게 불안해하며 첫 아이를 키웠다. 막상 키워보니 생각보다 할 만했다. 그리고 생각보다 아이가 빨리 자랐다. 너무 빨리 커버린 아이가 아쉬워 시간을 되돌리고 싶었지만 그럴 수 없어 그냥 한 번 더 낳았다. 순한 두 아이와 남편 덕에 셋째까지 욕심냈다. 세 번 연달아 순한 아이를 만나는 행운이 흔할 리 없다는 걸 간과한 것이다. '바쁘다'와 '피곤하다'를 입에 달고 살지만, 그래도 아이와 함께하는 시간이 그리 길지 않다는 걸 간과하지는 않으려고 노력 중이다.

하루하루를 꼭꼭 씹어 삼키듯 충분히 느끼며 살고 싶어 글을 쓰기 시작했다. 엄마로서의 이야기로 『처음부터 엄마는 아니었어』를, 라디오PD로서의 이야기로 『내가 사랑하는 지겨움』을 썼고 곧 세 번째 책 출간을 앞두고 있다.

이
수현

어떤 순간에도,
나를 지키고 사랑할 것

교사,
발달장애아
부모

나의 기대와 다른 아이

"어떤 아이든 제게 주신다면 최선을 다해 키우겠습니다."

아무리 기다려도 아이가 오지 않자 나는 매일 기도했다. 어떤
아이든 내게 주시기만 한다면 사랑으로 잘 키우겠노라고. 무슨
일이든 노력만 하면 원하는 것을 얻을 수 있다고 믿었던 나는
육아도 마찬가지라고 생각했다. 무엇이든 부지런히 배우고
노력해서 잘 해낼 자신이 있었다.

　'어떤 아이든'에 대해 구체적으로 상상해보기도 했다.
외모, 성별, 기질, 성격을 다양하게 조합해본 것이다.
교사로서 다양한 학생들을 만나왔기에 가장 어려운 자녀를
떠올려보기도 했다. 키우기 힘드리라 예상되는 아이더라도

자녀가 없는 쪽보다는 나을 것 같았다. 아니, 솔직히 말하면
내 자식이 학교에서 내가 만나는 '어려운' 아이들처럼 될 리가
없다고 생각했다. 대체 어디서 나온 자신감이었을까? 나름
교육 전문가라고 자신했던 걸까? 나는 그저 아이를 잘 키울
자신이 있었다.

　　내가 상상했던 수많은 조합의 아이 중에 '장애아'는
없었다. 단 한 번도, 심지어 꿈에서조차 생각한 적이 없었다.
산부인과에서 기형아 검사를 했을 때도 마찬가지였다. 나는
지극히 평범하고 건강한 보통의 사람으로 나에게 예기치 못한
사고나 불행은 일어날 리가 없다고 철석같이 믿고 살아가는
중이었다.

　　태어나면서부터 장애가 있다는 걸 알았다면 받아들이는
게 좀 더 수월했을까? 아이가 태어나 40개월이 될 때까지도
나는 장애를 전혀 인식하지 못했다. 영유아 검진을 다섯 번이나
했음에도 소아과 의사 역시 몰랐다. 주변 아이들과 비교했을
때 문제가 전혀 눈에 띄지 않았기 때문이다. 오히려 더 영특한
아이처럼 보이기까지 했다.

　　첫째가 40개월쯤 되었을 때 둘째가 태어났다. 그때부터
첫째가 급속도로 퇴행하기 시작했다. 하던 말도 점점 못하더니
자꾸만 엉뚱한 말을 했다. 좋아하던 그림책에 초점을 맞추지
못하고, 잘 신던 신발조차 스스로 신지 못했다. 갑자기
어딘가를 향해 눈을 흘기고 쉴 새 없이 손가락을 꼬았다.

나는 도무지 이해할 수가 없었다. 처음에는 동생을 본 충격 때문이라고 생각했다. 젖먹이 둘째를 다른 사람에게 맡기고 하루에 몇 시간씩 첫째에게 집중도 해보았다. 하지만 소용이 없었다. 말은 하지만 대화가 되지 않는 아이, 앞을 볼 수 있지만 나와 같은 곳을 볼 수 없는 아이가 된 것이다. 아무리 붙잡으려 해도 아이는 자기만의 세상으로 멀리멀리 날아가버렸다.

나를 '엄마'라고 잘 부르던 아이가 엄마조차 잊어버린 사실을 어떻게 받아들일 수 있을까? 두려움에 떨며 눈물 흘리는 나를 보고 웃으며 자지러지는 딸의 모습 위로 불과 몇 개월 전 일이 영화처럼 흘러갔다. 둘째를 낳고 조리원에 있는 나를 만나러 온 딸은 헤어질 때 나와 눈을 맞추며 이렇게 말했다.

"엄마, 엄마도 집에 같이 가요."

내 딸이 나를 '엄마'라는 의미로 부른 마지막 날이었다. 무언가 단단히 잘못되었다는 생각이 들었다. 논리적인 설명이 필요했다. 용기를 내어 처음으로 소아정신과를 찾았다.

매일 희망했다가
깨지고 절망하면서 받아들인 삶

"자폐가 아니라고 말하기가 상당히 어렵네요."

처음으로 진단을 내린 의사는 내 말만 듣고 '자폐'라는

이
수현

단어를 내뱉었다. 아이는 내 품에서 잠들어 있었다. 아이를
한 번 보지도 않고 청천벽력 같은 소리를 하다니! 당시 아이가
보인 이상행동에 대해 의사도 뚜렷한 원인을 설명하지 못했다.
그저 '발달장애'라고 하면 그만이었다. 의사의 멱살이라도 잡아
흔들고 싶었다. 정확한 원인도 치료법도 없는, 질병도 아닌
장애. 나는 이 아이와 함께 어떤 삶을 살게 될 것인지, 어떻게
살아야 하는지에 대해서도 아무도 말해주지 않았다. 검색창에
두드려도 해결되지 않는 일투성이었고, 하루도 아무 일 없이
지나가는 날이 없었다. 아이 손을 붙잡고 병원과 치료실을
수없이 찾아다녔다. 태어나서 한 번도 경험해보지 못한
두려움이 수시로 엄습해 나를 지배했다.

그 시기를 나는 어떻게 버텨냈을까? 그저 아이가 치료될
수 있다는 생각만으로 살았다. 원인도 치료법도 모르는
진단 따위는 중요하지 않았다. 아이가 어제보다 조금이라도
나아지면 다시 회복되지 않을까, 실낱같은 희망에 기대어
하루하루 숨 쉴 수 있었다. 아마도 그 시간이 내게는 주어진
삶을 천천히 받아들이는 과정이었던 것 같다. 매일 희망을
품고 부딪쳐보고, 다시 깨지고 절망하면서 처절하게 깨달았다.
'이것이 거부할 수 없는 내 삶이구나. 내 아이는 장애가 있고,
장애는 치료되는 질병이 아니구나. 우리는 평생 장애와 함께
살아야 하는구나.'

둘째까지 발달장애 진단을 받았을 때는 신이 나를

버린 게 확실하다고 생각했다. 날마다 오열하며 아이들과 함께 죽겠다고 신에게 도전하거나, 제발 한 아이만이라도 살려달라고 애원하고 기도하는 일 외에는 아무것도 할 수가 없었다. 하지만 누구보다 내가 잘 알고 있었다. 세상에 자폐가 없어지는 기적 따위는 없다는 것을. 장애는 치료해서 나을 수 있는 병이 아니라는 것을.

장애를 치료가 되는 '질병'의 관점으로 볼 때 우리는 장애로 인해 초래되는 모든 문제를 장애인 개인의 탓으로 돌리게 된다. 장애를 극복하고 사회에 적응하기 위한 노력을 게을리한 개인의 탓으로 돌리면 문제는 영원히 해결되지 않는다. 장애는 극복의 대상이 아니기 때문이다. 우리가 비장애인에게 개인이 타고난 특성을 극복하라고 강요해서는 안 되는 것과 마찬가지다. 모든 아이에게 1등을 하지 못한다고 탓할 수 없고, 모든 아이에게 왜 가수처럼 노래를 부르지 못하냐고 나무랄 수 없는 것과 마찬가지다. 내 아이들을 고치려고 할 것이 아니라, 장애인이 우리 사회에서 조화되어 함께 잘 살아갈 수 있도록 우리 사회의 문턱을 어떻게 조정할 것인지에 관심을 가져야 한다는 것을 깨달았다.

아이들의 장애를 수용하는 과정은 힘겨웠지만, 그만큼 아이들에 대한 사랑도 깊어졌다. 장애로 인한 사회적 차별과 편견은 견디기 힘들었지만, 아이들은 너무나 사랑스러웠다. 특별한 순수함을 가진 아이들 덕분에 웃는 날도 점점

이
수현

늘어났고, 작은 성장에 천하를 얻은 것처럼 기뻐했다. 시간이
흐르며 나는 깨달았다. 나와 아이들이 힘든 이유는 장애 자체
때문이 아니었다. 장애를 수용하지 못하는 사회와 부딪치며
끊임없이 고통받을 수밖에 없었던 것이다. 조금만 튀는 행동을
하면 혐오나 두려움 가득한 시선으로 우리 아이들을 바라보는
사람들 때문에 놀이터나 식당에 가는 일도 피곤했다. 조금만
마음의 문을 열면 나와 다른 사람을 인정하며 친구가 될 수
있는 법을 배울 수 있을 텐데, 주변의 엄마들은 마치 장애가
전염병이라도 되는 듯 함께 어울리기를 피했다. 단지 배우는
데 특별한 관심과 시간이 좀 더 필요한 것뿐인데, 장애가 있는
아이들을 거부하는 교육기관에 애원도 하고 협박도 하면서,
내 아이들은 일대일 치료교육만 받으며 커야 하나 싶어 실의에
빠지기도 했다. 이렇게 아이들이 커가고 여러 일을 겪으며 알게
되었다. 아이들이 살아가는 데 장애가 되는 것은 아이들의
장애가 아니라 장애를 수용하지 못하는 이 사회임을.

복직은 나를 찾는 일인 동시에
아이들을 위하는 일

아이들이 차례로 장애 진단을 받고, 치료하러 다니느라
정신없는 나날을 보냈다. 7년을 휴직했는데 복직은 꿈꿀

수도 없었다. 가끔 일하고 싶은 순간이 있기도 했는데, 그럴 때마다 그런 나 자신이 어이가 없었다. 어떻게 장애아를 둘이나 낳아놓고 다시 일하고 싶을 수 있는지. 엄마가 되어서 어떻게 장애가 있는 아이들을 두고 자신을 찾고 싶을 수가 있는지. '장애인의 엄마'에 자연스럽게 떠오르는 이미지처럼, 나도 아이들을 쫓아다니며 희생하는 삶을 살아야 하는 게 마땅하다고 여겼다.

첫째가 초등학교에 입학한 해, 나는 아이를 학교에 보내고 하교할 때까지 아무 일도 할 수가 없었다. 말도 제대로 하지 못하는 아이가 떠올라 하루 종일 안절부절못하며 어쩔 줄 몰랐다. 다행히 좋은 담임선생님을 만났다. 선생님은 아이가 학교에서 활동하는 모습을 매일 사진 찍어 보내주었고, 사진 속 아이는 안전하고 행복해 보였다. 편견 없는 사랑으로 아이를 대해주는 담임선생님 덕분에 학급 친구들도 아이를 정말 좋아했다. 동네에서 우연히 학급 친구들을 만나면 교실 분위기를 짐작할 수 있었다. 아이들은 밝게 인사하며 아무런 거리낌 없이 내 아이와 함께 놀고 싶어 했다. 1학년이 끝날 무렵에는 한 아이가 내게 다가와 말했다.

"아줌마, 연우가 말이 정말 많이 늘었어요. 처음에는 말을 거의 못했는데, 이제 잘 알아듣고 인사도 잘하고 대답도 잘해요."

1년 동안 아이의 담임선생님과 친구들을 보며 나는 깊이

감동했다. 이 아이들이 자라서 어른이 되면 지금보다 훨씬
나은 세상이 되지 않을까. 우리가 힘든 이유, 장애가 장애되는
사회를 이 아이들이 바꾸어주지 않을까 싶었다.

　　그리고 복직을 해야 할 이유가 생겼다. 내 아이들과
미래에 함께 살아갈 아이들을 연우의 담임선생님처럼 잘
교육하고 싶었다. 교사는 사람을 변화시키는 직업이 아니던가?
교직으로 돌아가 학생들에게 장애에 대해 알려야겠다고
생각했다. 내 아이들과 함께 살아갈 사람들의 인식을 바꾸는
것, 그것만으로도 복직 이유는 충분했다. 장애는 바꿀 수는
없지만, 적어도 학생들의 생각은 바꿀 수 있으니까. 복직은 나
자신을 찾는 일인 동시에 우리 아이들을 위한 일이기도 했다.

내가 가장
슬펐던 때는

"가장 슬펐던 때가 언제인가요?"
　　언젠가 받았던 질문에 나는 기계적으로 답했다.
"아이가 장애 진단을 받았을 때요."
　　내가 장애아를 키우는 엄마임을 아는 사람이면, 아마
누구나 예상한 답이었을 것이다.
　　나는 이제 그 답변을 고쳐 쓰고 싶다.

7년의 휴직 동안 나는 학교 근처에만 가도 눈물이 났다. 교문 앞을 차로 지나며 목 놓아 울기도 했다. 마치 장소에 대한 트라우마가 있는 사람처럼 학교 근처에 가지 않으려고 노력했다. 다시는 복직하지 못할 것이라고 생각했기 때문이었다. 둘째까지 장애 진단을 받았을 때는 일을 해서는 안 된다고 생각했다. 장애아를 낳았다는 죄책감, 어떻게든 열심히 치료해서 아이를 좀 더 나은 상태로 만들어야 한다는 책임감, 가족조차도 믿을 수 없다는 의심이 뿌리 깊었다.

휴직 시절 아이들과 나는 행복하지 않았다. 아니, 나는 행복하지 않았다. 하루 종일 아이들의 장애와 치료만 생각했다. 눈뜨면서부터 눈 감을 때까지, 사랑스러운 아이가 내 앞에 있어도 전혀 기쁘지 않았다. 그토록 원하던 아이였는데 말이다. 하루도 만만하게 넘어가는 날이 없었고, 끊임없이 아프고 힘들었다. 아무리 열심히 무언가를 해도 죄책감이 나를 지배했고, 자주 죽음을 생각했다. 반복되는 슬픔과 우울의 굴레 속에서 나는 완전히 자신을 잃었다. 아이를 낳은 것도, 아이를 치료하지 못하는 것도, 모두 내 탓이었다. 행복하지 않은 마음으로 하는 육아는 아이에게도 지옥이었을 것이다. 그 당시 아이들은 표정이 어두웠고, 참 많이 울었다.

나는 아이들을 사랑했을까? 물론이다. 나 자신보다 사랑했다고 자신 있게 말할 수 있다. 그런데 그게 문제였다. 자신을 사랑하지 않는 사람은 건강한 사랑을 할 수 없다는

이
수현

말의 뜻을 아이를 키우면서야 비로소 이해했다. 사랑이라는 이름으로 상대를 아프고 힘들게 하는 사례는 주위에서 쉽게 볼 수 있다. 하지만 부모조차 그럴 수 있다는 걸 나는 몰랐다. 자기 자신을 사랑하지 않는 부모는 아주 쉽게 가해자가 될 수 있다는 사실을 몰랐다. 자식에게 신체적·정서적 학대를 가하는 부모들을 많이 만났지만, 그들이 자식을 사랑하지 않는 줄 알았다. 자신을 사랑할 줄 모르는 부모는 자식을 사랑할 수 없다는 사실을 부모가 되어서야 나는 알았다. 자식에 대한 나의 과도한 집착이 오히려 자식을 망가뜨릴 수 있다는 사실을 깨닫자 무서웠다. 장애가 있는 내 자식들을 세상뿐 아니라 나로부터 지켜내야 했다. 그 방법은 다름 아닌 '나를 회복하는 것'이었다.

복직을 결심했을 때, 얼마나 많은 사람이 내 결정을 되물었는지 모른다. 사람들은 하나도 아닌 장애인 자식 두 명을 두고 일하러 나간다는 건 무모한 짓이라 여겼다. 하지만 나는 일단 그렇게 나 자신을 찾고 싶었다. 내가 일하지 않고는 행복할 수 없는 사람임을 진즉에 알았기 때문이었다.

두 아이를 두고 일하러 나왔다는 죄책감을 덜기 위해 열심히 일했다. 내 일과 육아의 접점을 찾기 위해 노력도 했다. 내가 일하는 것이 결코 내 아이들을 버리는 것이 아님을, 결코 덜 사랑하는 것이 아님을 어떻게든 증명하고 싶었는지도 모른다. 사람들에게 끊임없이 변명도 했다. 왜 내가 일을 해야 하는지를.

이제 벌써 복직 4년 차. 나는 더 이상 증명할 필요가 없다. 우리 가족은 내가 복직한 후로 몇 배나 더 행복해졌다. 내 웃는 모습을 우리 아이들이 꼭 닮아간다. 물론 삶은 몇 배로 더 복잡해졌다. 두 아이가 학교에 다녀온 후부터 내가 퇴근할 때까지 많은 이들의 손길이 필요했다. 다른 사람에게 도움받기를 꺼리던 내가 주변 사람들에게 도움을 청하는 일을 주저하지 않게 되었다. 독립적인 삶을 살던 내게는 결코 쉬운 일이 아니었지만, 덕분에 수없이 좋은 사람들을 만났다. 나 아니면 안 된다고 믿었던 육아가 여러 사람의 손을 거쳐 조화를 이루는 모습을 보았다. 내 주변 사람들은 이제 내가 일을 그만둔다고 하면 두 팔 걷고 말리려 든다.

가끔 직장 일로 힘들 때, 야근으로 아이들과 함께하는 시간이 침범당할 때, 일을 그만두고 싶은 마음이 들기도 한다. 그럴 때면 휴직했던 시절 학교 근처를 서성이며 흘렸던 눈물을 떠올려본다. 내가 나를 찾음으로써 얼마나 행복한 육아를 하게 되었는지를 생각한다.

이제 누군가 내게 언제 가장 슬펐냐고 물으면 나는 이렇게 답하고 싶다.

"나 자신을 잃었을 때요."

부모가 된다는 것은 나 자신을 더욱 사랑하는 사람이 되어야 한다는 의미다. 어떠한 경우에도 나 자신을 잃으면

이
수현

그 누구도 사랑할 수 없다. 내 속으로 낳은 자식일지라도.
진정한 모성은 나를 던지는 것이 아니라 나를 지키고 사랑하는
것이다.

교실 전체에 퍼지는 온기

복직한 후, 나는 이전과 아주 다른 교사가 되었다. 아이들을
키우며 완전히 다른 사람이 되었으니 당연한 일이었다. 전에는
눈에 띄지 않던 소외된 아이들이 보였다. 장애가 있는 아이들,
학업 성적이 낮은 아이들, 마음이 아픈 아이들이 가슴에 콕
박혀 빠지지 않는 송곳이 되었다.

　　대부분의 교사가 부담스럽게 여기는 통합반 담임도
맡았다. 처음에는 마음이 힘들었다. 장애가 있는 아이가
중학생이 되어 학교에 오기까지, 그 힘든 여정이 파노라마처럼
눈앞에 펼쳐졌다. 부모의 피눈물 어린 아픔과 노력, 아이의
치료 과정을 누구보다 잘 알고 있으니, 학교에 와서 수업에
전혀 참여하지 못하거나 배제당하는 모습을 마주하면 너무나
가슴 아팠다.

　　장애가 있는 학생뿐만이 아니었다. 무기력증에 빠져
멍하게 앉아 있는 학생이나 하루 종일 잠만 자는 아이들도
마음에 걸렸다. '저 아이들도 젖먹이 신생아로 엄마 품에 안겨

있던 시절이 있었겠지, 부모가 피땀 흘려 일해서 먹이고 입혀 학교에 보냈겠지.' 자꾸만 그런 생각이 들어 더 안타까웠다. 확실히 엄마가 되기 전에는 하지 못했던 생각이다.

신기한 점은 내 생각을 직접 말하지 않아도 아이들은 귀신같이 알아차린다는 것이다. 나는 엄마가 된 덕분에 학생들과 더 잘 소통할 수 있는 교사가 되었다. 그리고 그간 보낸 고통의 세월 덕분에 학생들과 학부모의 아픔 또한 공감할 수 있는 교사가 되었다. 이는 교사로서 큰 장점이었다. 나는 이전보다 훨씬 유능해졌고, 진심을 나눌 수 있는 사람이 되었다.

퇴근길에 자주 눈물이 났다. 소외된 학생들에게 관심을 쏟는 일은 우리 아이들을 보듬는 일과 같았다. 아무도 눈길을 주지 않는 아이에게 교사의 시선이 닿을 때, 그 아이뿐 아니라 교실 전체에 서서히 온기가 스며들었다. 그 감동의 현장에서 울컥 눈물이 솟구치곤 했다. 내 아이들을 키우는 일이 희망 없는 미래를 향해가는 것처럼 느껴질 때마다, 따스한 학생들의 모습은 나를 다독여주었다. 내가 가르치는 학생들은 지금보다 나은 세상을 만들어갈 것이라고, 나는 아이들을 버리고 일하러 나온 것이 아니라고, 아이들을 위한 좀 더 나은 세상을 위해 일하는 중이라고 굳게 믿을 수 있었다.

통합 교육에 진심을 다하다 보니, 뜻하지 않게 관련 책을 출간했다. 우리나라의 통합 교육은 아직 시작 단계여서인지

이
수현

교실에서 했던 나의 작은 노력이 다른 교사들에게도 영감을 불러일으켰다. 나 혼자만의 힘으로는 할 수 없는 일을 많은 교사와 함께하니, 정말 감사했다. 교사들을 대상으로 진행한 연수를 마치고 나온 어느 날, 한 교사가 내게 다가왔다.

"선생님, 정말 감동입니다. 저도 중학교 때 선생님과 같은 교사를 만난 적이 있어요. 그때 저희 반에 중증장애가 있는 친구가 있었는데, 선생님께서 그 친구를 차별하지 않고 동등하게 대해줬을 뿐 아니라 선생님처럼 모든 활동에 함께 참여시켰어요. 저는 그때 선생님의 모습을 보고 깊이 감동했고, 그때부터 특수교사가 되기로 마음먹었죠. 그리고 이렇게 특수교사가 되었답니다."

그 특수교사의 이야기가 오랫동안 내 마음을 울렸다. 내가 가르치는 아이들도 내 모습을 보고 특수교사가 될 수도 있지 않을까? 교사뿐 아니라 의사, 교수, 은행원, 회사원, 공무원, 사업가, 정치인 등 다양한 직업인이 되겠지만 적어도 내 학생들은 인간의 타고난 다양성을 수용할 수 있는 사회인이 되리라 믿는다. 차별을 차별인 줄도 모르는 사람이 되지는 않을 것이다. 내 아이들이 살아갈 세상은 지금보다 숨쉬기 편한 세상이리라. 세상이 그어놓은 선 밖에서 서성이지 않아도 되는, 함께 어우러져 살아갈 수 있는 세상을 내 학생들이 만들어주리라 믿는다.

내 작업은 이렇게 우리 아이들을 돌보는 일이기도 하다.

그리고 세상을 위한, 충분한 가치를 지닌 일이라 생각한다.
내게 온 두 아이는 내 삶에 절망이 아니라, 세상을 향한 빛이요
희망이다.

오늘도 나는 신께 기도한다.

"제게 아이들을 보내주셔서 감사합니다. 최선을 다해
키우고 있습니다. 이 아이들이 희망이 되도록 인도하심에
감사드립니다."

이
수현

이수현

다양한 직업을 거쳐 아이들을 가르치는 일을 선택했다. 배우고 가르치는 일에 큰 기쁨과 보람을 느끼며, 교직을 평생 직업으로 믿어 의심치 않았다. 교사가 된 후 결혼과 임신, 출산, 육아를 겪으며, 워킹맘으로 힘들었지만 일도 육아도 잘 해낼 자신이 있었다. 그 자신감은 두 아이가 차례로 장애 진단을 받으며 물거품처럼 사라져 7년간 휴직하며 사직을 오래 고민하기도 했다.

아이보다 하루 더 살기를 바라는 전형적 이미지의 장애인 부모가 아니라, 아이가 살아갈 세상을 적극적으로 바꾸는 부모가 되고 싶었다. 내 아이들과 결국 함께 살아갈 사람들이므로, 그들을 잘 교육하는 일에 다시 도전하기로 결심했다.

복직한 후에는 완전히 다른 교사가 되었다. 학생들에게 보편적인 지식을 잘 가르치기 위해 노력하는 교사에서 다양한 학생의 고유성을 존중하며 각자의 속도와 능력에 맞는 교육을 추구하는 교사로. 통합 교육을 통해 학생들이 자연스럽게 자신의 다름을 수용하고 타인을 존중하는 모습을 보며, 내 아이들이 살아갈 희망적인 미래를 꿈꾼다.

저서로 『해 보니까 되더라고요』(공저), 『누가 뭐라든 너는 소중한 존재』가 있으며, 통합 교육, 장애인식 개선, 학부모 교육 관련 강의를 꾸준히 하고 있다. 현재 중학교 영어교사로 재직 중이다.

황
다은

경력단절이 아니라
경력심화 과정이 된 시간

드라마 작가,
다큐멘터리
감독

내 선택인 줄 알았으나
내 선택이 아니었던

자율성, 성취감, 연결감. 행복을 느끼는 세 가지 조건이다.
육아는 세 가지 조건을 정확히 빗겨갔다. 아이는 예민해서
엄마와 떨어지지 않으려 했고, 동반 외출을 하면 낯선 곳에
적응하지 못하고 내내 울었다. 아이와 함께 먹고 자는 방이
나의 우주였으니, 자율성 제로. 육아서로 공부한 육아는
실전에서 오차가 많았다. 계속 초보인 채로 아이와 함께
시행착오를 겪어갈 수밖에 없었다. 실패의 연속이니, 성취감
제로. 남편은 생계를 책임지는 가장으로 영화 촬영 현장과
아르바이트 현장을 숨 가쁘게 뛰어다니다 집에 와서는 잠만
자고 다시 나갔다. 밖에서 고생하는 사람, 잠이라도 편히

자야 한다고 방 하나를 따로 내줬다. 남편의 삶에 육아는 없었다. 부부는 부모가 된 뒤로 다른 시공간을 살았다. 가족 안에서 더 멀어져 갔으니, 연결감 제로. 출산과 육아는 분명 내 선택이라고 생각했으나 내 선택이 아니라는 자각이 왔다. 정상 가족 이데올로기를 교육받고 사회화한 결과였으니, 내 선택이 아니라 사회의 선택이었다. 남편이 밉다기보다 결혼제도가 미웠고, 가부장제의 전형을 충실히(!) 살아가는 내 자신이 누구보다 미웠다.

스토리텔링 관점에서 '사건'은 주인공을 이전 삶으로 돌아갈 수 없게 하는 일을 말한다. 임신과 출산은 여성 서사에서 결정적인 사건이다. 누구도 그 이전으로 돌아갈 수 없기 때문이다. 먼저 겪은 선배 작가들이 경고했다. '너의 임신을 알리지 마라.' 감독들 사이에서 작가들 근황을 주고받을 때, 말과 말이 더해지고 전해지며 몇 년째 임신 중으로 알려져 작품을 의뢰받지 못하게 된다고 했다. 일하는 동안 임신 8개월 차가 되어가는 중에도 업계에서는 아무도 내 임신을 알지 못했다. 만삭의 몸을 더 이상 숨길 수 없을 때 준비하던 작품이 보류되면서 비밀 유지에 성공해 출산할 수 있었다. 아이가 백일이 지날 즈음에, 감독님에게 안부 전화를 드렸다. 반색하며 감독님이 물었다. "작품이 나왔군요!" 기쁘게 답했다. "네, 엄청난 작품이 탄생했어요." 대본이 아니라 건강한 아이를 낳았다는 말에 감독님은 놀라워하며 축하를 전했다.

그리고 그 뒤로 연락이 오지 않았다. 간간이 이어지던 작품 의뢰 전화도 끊겨 갔다. 전화가 와도 걱정(작업을 할 수 없다고 거절해야 하니.) 안 와도 걱정(이대로 잊히는 걸까?). 남편은 하고 싶지 않은 일까지 하면서 임금 노동을 수행해야 했고, 나는 하고 싶은 일을 못하며 돌봄 노동을 감당해야 했다. 어느 쪽이든 원하는 방식이 아니었지만 달리 방법이 없었다. 기댈 수 있는 건 친정 부모님뿐이었다. 두 여자의 돌봄 노동으로 한 아이가 자랐다. 돌잔치를 끝내고 신혼집으로 복귀할 타이밍에 또 한 작품이 찾아왔다. 두 살 터울의 둘째였다. 그렇게 친정 육아는 이어졌다.

외롭고 찬란했던, 모순된 행복의 시간

속 깊은 딸을 자처하며 부모님 속 끓인 적 없이 자라왔지만, 아이를 낳고 키우는 과정에서는 친정엄마께 '내 딸 같지 않다'는 말을 들을 정도로 분노 게이지가 올라가 '지랄 총량의 법칙'을 증명해 보였다. 아이는 잠투정부터 모든 면이 예민했고, 남편은 아이가 볼 때마다 큰다고 말할 정도로 바빴으며, 친정 부모님의 도움을 받으면서 감수해야 하는 갈등도 고스란히 내 몫이었다. 방송국이나 제작사로부터

황
다은

들어오는 집필 의뢰도 계속 거절할 수밖에 없었다. 그사이 남편은 촬영감독으로 입봉했고 영화계에서 필모그래피를 쌓아갔으며 촬영미학 강의로 명성을 얻기 시작했다. 결혼 전까지는 친구이자 동료로 같은 곳을 바라보며 달렸으나, 부모가 되니 서로 다른 트랙으로 갈라졌다. 남편은 100미터 경주처럼 전속력으로 치고 나갔고, 나는 제자리걸음이었다. 뭔가 억울했지만 싸울 대상이 없었다. 남편의 성취를 축하하고 응원했다. 할 수만 있다면 나도 바깥사람이고 싶고 그 입장이 된다면 두 번 생각할 것도 없이 주어진 기회를 놓치지 않고 밤낮으로 일에 전념했을 거라고 생각했다. 그렇게 육아는 누군가 감당해야 할 과제였을 뿐 성취나 경력이 되지 못했다. 단절이고 공백이었다.

첫째가 어린이집에 등원하고 둘째가 모유수유를 끝내자 나는 일에 복귀했다. 그 어느 때보다 의욕적이었다. 하지만 현실은 단막극 한 편을 쓰는 것이 미니시리즈 한 편을 쓰는 것처럼 버거웠다. 오랜만에 작업한 단막극 「걱정마세요, 귀신입니다」가 방영과 동시에 좋은 반응으로 이어져 미니시리즈 집필 제안을 받았다. 로맨틱코미디 대본을 쓰기 시작했지만 현실은 육아 서바이벌 예능이었다. 여의도에서 대본 회의를 하고 있으면 엄마 찾는 아이를 이기지 못한 친정 부모님이 손주를 데리고 여의도공원에 와서 기다리고 계셨다. 돌봄과 작업 사이에서 자꾸만 지쳐갔다. 1년을

준비했던 미니시리즈가 최종 편성에서 보류되고, 첫째는
1년째 어린이집에 적응을 못 한 채 등원을 거부해 어린이집
휴원을 결정할 수밖에 없는 상황이기도 했다. 다시 선택해야
했다. 자발적 선택이 아닌 주어진 선택을. 한쪽이 돌봄과 작업
사이에서 선택해야 할 때, 다른 한쪽은 직면하지도 않는 그
선택 말이다. '워킹맘'으로의 전환은 다시 1년을 유예시켜야
했다.

　　미취학 아동은 어린이집이 아니면 갈 곳이 없었다. 혼자
두 아이를 데리고 동네 놀이터와 근처 공원을 전전했다.
집을 나서는 순간부터 지치는 일이었다. 하루 종일 바깥에서
시간을 보내다가 휴대용 유아차에 첫째를 깊숙이 먼저 앉히고
그 위에 둘째를 앉혀 집으로 오던 길이 생각난다. 두 아이의
무게로 유아차는 낮은 턱에도 덜그럭거렸다. 턱에 걸린
유아차를 들어 올리고 다시 쌩쌩 달리는 순간 나도 모르게
눈물이 났다. 땀과 먼지를 뒤집어쓰고 유아차와 하나가 돼서
달리던 내가 사진처럼 찍히는 순간이었다. 다시는 돌아가고
싶지 않지만 살아가는 내내 이 순간을 그리워하겠구나, 그런
확신이 들었다. 인생을 다 살고 마지막 날 지난 시절을 돌아볼
때 마주칠 법한 장면이자 더 살아볼 것도 없이 내 생애 가장
아름다운 순간이었다. 그 누구와도 나눌 수 없는, 오직 나만이
만질 수 있는, 순도 100퍼센트 행복이었다. 지금도 선명하다.
눈물 흐르던 뺨에 스치던 바람, 유아차 밖으로 삐져나와

황
다 은

있던 통통한 네 개의 다리, 유아차 바퀴를 멈춰 세우던 턱의
높이까지도. 외롭고 찬란했던, 모순된 행복.

세상은 개봉하거나 방송으로 나간 작품만을 기억한다.
오래 준비한 작품이 보류되거나 엎어지면, 세상에 나오지
못한 그 이야기는 영영 없던 것이 된다. 내가 낳고 키웠지만
호적에 올리지 못하고 세상에 없는 아이가 되는 것과 같다.
그렇게 '있지만 없는' 작품에 공들인 시간이 사라지면 상흔이
남는다. 돌봄과 작업을 병행하며 1년 남짓 준비한 작품의
편성이 불발되었을 때는 그 상실감이 더했다. 아이들은 물론
가족 모두 무리해서 매달린 작업이었는데 결과를 못 보고
접어야 했기 때문이다. 그런데 고백하자면 아이들을 돌보면서
그 상처가 많이 치유됐다. 아이들을 돌보는 시간을 잘라내서
확보했던 작업의 시간은 사라졌지만 아이들에게 쌓인 시간은
사라지지 않았기 때문이다. 아이들은 시간을 먹고 자란다. 그
자명한 사실이 너무도 큰 위안을 주었다. 하지만 돌봄의 시간이
치유가 될 수 있었던 이유는 작업의 시간이 있었기 때문이기도
하다. 결과를 내지 못한 시간도 사라지는 것이 아니라 보이지
않는 곳에 쌓여 디딤돌이 되고 또 다른 이야기로 이어진다는
것을 알았다. 그럴수록 하고 싶은 이야기가 자꾸만 쌓여갔고,
작업의 시간이 그리웠다.

기꺼이 폐 끼치기,
아빠의 자리 비워두기

자율성, 성취감, 연결감 없이 '항복'하는 심정으로 받아들이는
행복은 지속가능하지 않았다. 두 살 터울의 형제를 낳고
키우며, 육아와 교육이 각 가정을 넘어 마을과 사회의
돌봄으로 확장되어야 한다는 자각이 들었다. 육아 과정이
'엄마'라는 한 여성의 노동이거나 '엄마의 엄마'인 또 한
여성의 노동에 기대지 않는 대안을 찾고 싶었다. 더불어
살아가며 아이도 함께 키우는 공동육아와 공동체 마을을
찾아 이사했다. 첫째는 초등 방과후에 속하는 도토리 마을
방과후, 둘째는 공동육아를 하는 성미산 어린이집에 등원했다.
두 돌봄 기관은 모두 부모 협동 조합형이었다. 돌봄 기관에
아이를 맡기는 이용자 관점이 아니라, 아이와 교사와 부모가
세 주체로 소통하며 교사와 부모가 같은 조합원으로서 운영에
참여하는 방식이었다. 아이와 어른이 동등하게 평어를 쓰고,
어른들은 서로 나이와 직업을 묻지 않았으며 이름 대신 별명을
불렀다. 웬만한 동식물은 이미 다 별명으로 쓰고 있어서
약재 종류로 별명을 지었다. 남편은 가시오가피의 '오가피',
나는 적하수오의 '하수오'. 낯선 세상이었지만 적응은 어렵지
않았다. 마을 아이들이 먼저 성큼 다가와준 덕분이었다.
"하수오, 안녕?"

황
다 은   113

신입 조합원 교육에서 인상적인 두 문장을 만났다. "조합
생활을 잘하려면 '기꺼이 폐 끼치는 사이'가 돼야 합니다.
폐 끼치는 연습을 해보세요." 평소에 민폐 끼치지 않고
살아온 나로서는 역설로 다가오는 말이었다. '기꺼이' 폐를
끼쳐드리겠습니다? 그런 말도 안 되는 말이라니. 누군가에게
뭔가 부탁해야 할 때 폐에 산소가 부족해지는 느낌을 받는
사람으로서, 그런 폐라면 사양하고 싶었다. 먼저 폐 끼치는
건 어려우니, 폐 끼치는 걸 받는 연습부터 했다. 우리 집으로
자주 마실 초대를 했고, 반찬을 나눴으며, 남들이 주저하는
일에 먼저 나섰다. 공동육아를 시작했지만 가정에서의
공동육아는 이뤄지지 않아서 '방모임(한 달에 한 번 교사와
학부모가 모여서 아이들과 지낸 이야기를 나누는 모임)'이나 '소위원회
모임(학부모들이 공동 운영진이 되어 각 소위별—운영소위, 재정소위,
교육소위, 시설소위, 홍보소위 등—로 활동하며 한 달에 한 번 갖는
모임)'이 열릴 때 아이들만 집에 머물러야 하는 경우가 있었다.
그럴 때 마실 찬스를 쓰게 해주는 이웃이 있었다. 회의가
늦어지면 아이를 재워주기까지 했다. 퇴근 후 휴식해야 할
시간에 자기 집 아이들은 물론 이웃집 아이들까지 돌봐야 하는
건, 폐를 입는 일이 분명했다. 그럼에도 기꺼이 수고해주는 이웃
덕분에 '기꺼이'의 마음과 태도를 배웠다. 기꺼이 폐를 끼치니,
숨이 쉬어졌다.

"아빠의 자리를 비워두세요." 신입 조합원 교육에서 새긴

두 번째 문장이다. 나 아니면 안 되는 일이란 없다. 내가 빠져도 그 일은 돌아간다. 양육도 그렇다. 가정의 돌봄에서 아이 아빠의 자리를 남겨두는 건, 할 일의 반을 나누는 것이 아니라 누릴 일의 반을 나누는 것이다. 변화는 쉽지 않았다. 하던 대로 하는 게, 새로운 방식을 길들이는 것보다 쉬웠으니까.

그날도 익숙한 하루였다. 언제나처럼 남편은 일이 늦어 귀가 전이었다. 아이들과 저녁을 먹고 치우고 씻기고 재우려고 그림책을 읽어주고 잠자리에 드는데 첫째가 문득 물었다. "엄마는 살림을 싫어해?" 허를 찔린 기분이었다. 당황한 표정을 애써 숨기고 아이의 질문을 궁색한 질문으로 받았다. "엄마가 싫어하는 걸로 보여?" 아이는 답을 바로 못 하다가 내 눈치를 보며 말했다. "좋아하는 걸로는 안 보여." 반문할 수가 없었다. 대신 곰곰이 생각해봤다. 처음부터 그랬던 건 아닌데 난 왜 살림을 안 좋아하게 됐을까? "원래 살림이란 말이 어디서 왔는지 알아? '살리다'에서 온 거야. 우리 가족을 살리고 지구를 살리는 일이 살림이야. 우리 집은 4인 가족이 사니까 4인분의 살림이 필요하겠지. 근데 4인분의 살림을 엄마 혼자 하다 보니까 힘들어지고 살림을 점점 안 좋아하게 된 것 같아." 아이들에게 임기응변으로 답을 해주다 보니 정말 답을 만났다. 살림을 혼자 하려고 해서 힘들었구나. '기꺼이'가 안 되었구나.

남편은 살림을 잘하는 사람이었다. 남편으로나 아빠로나

황
다 은

115

할 수 있는 최선을 다하는 남자였다. 다만, 집에 있는 시간이 없을 정도로 바빴을 뿐이다. 그럼에도 급하게 일하러 나가는 와중에 뭐라도 해놓고 가려고 했다. "내가 빨래해놨거든? (세탁기) 다 돌아가면 '피죤' 넣고 널어만 줄래?" 4인분의 살림을 4인이 같이 해나가기 위해서는 살림 습관을 다시 세팅해야 했다. 남편이 맡고 있던 빨래의 영역(세탁기에 세제를 넣고 작동 버튼을 누르는 것으로 완성되는 세탁)도 점검이 필요했다. "빨래를 한다는 건, 세제를 넣고 작동 버튼을 누르고 다 돌아가면 마지막에 '피죤' 넣고 한 번 더 돌리고 탈수되길 기다렸다가 세탁물을 꺼내 옥상에 올라가서 탈탈 털어 구김을 펴고 빨래줄에 빨래집게를 하나하나 물려 널고 해가 지기 전에 마른빨래를 걷어 와 하나씩 개서 각자의 수납공간에 넣는 것까지 포함된 일이야. 이 과정을 모두 해야 '빨래했다'고 할 수 있는 거야." 빨래의 전 과정을 입력한 남편의 첫마디는 미안하다는 사과였다. 정말 몰랐다는 표정이었다. 그날 이후로 남편은 세탁기 종료 알림이 울리고 젖은 빨래를 꺼내 옥상에 널 수 있는 시간을 확보한 후에 세탁기를 돌렸다. 아이들에게 빨래를 걷고 개서 서랍에 넣는 일을 맡기는 식으로 역할을 분담했다. 나이스!

나는 돌봄과 작업의
공동연출을 원한다

이사 온 해에는 첫째 마을 방과후 터전과 둘째 공동육아 어린이집 두 개의 조합 활동을 했고, 다음 해에는 공동육아 어린이집 운영진까지 맡았다. 공동육아로 독박육아에서는 벗어났지만 독박 조합 활동을 하느라 다른 차원의 고단함이 밀려왔다. 가정 안 공동육아 없이는 진정한 공동육아를 할 수 없다는 사실도 절감했다. 아빠의 자리는 여전히 집 안보다 바깥에 있었다. 둘째가 공동육아 어린이집을 졸업하고 첫째와 같은 마을 방과후 터전에 등원했다. 아이 둘 다 미취학 아동 시기를 졸업한 후 초등학생이 되자 조합 활동은 하나로 줄었다. 이쯤 했으면 됐다는 판단에 당당하게 안식년 선언을 했다. 육아 안식년 겸 마을살이 안식년. 마을 방과후 조합 활동을 아이들 아빠이자 조합원 '오가피'에게 양보했다. 초등 3학년, 초등 1학년 형제가 등교하는 아침 9시부터 학교가 끝나고 방과후에서 지내다가 귀가하는 오후 6시까지, 오롯이 내 시간이 생겼다. 꿈같은 현실이 비로소 품에 들어온 것이다. 이제 오롯이 글만 쓰면 될 일이었다. 그런데 예상 못한 반전이 있었다. 엄마가 된 이후로 그토록 기다려왔던 '혼자만의 시간'이 도래했지만, 행복하지 않았다.

　해녀가 전복을 따기 위해 바닷속을 물질해가듯이 작가는

황
다
은

아이디어를 찾아 시간을 물질해간다. 조금만 더 내려가면 대단한 아이디어 하나를 채집할 수 있을 것 같아 생각의 바다에서 물질을 하는 것이다. 마침내 그것에 손이 닿으려는 순간, 수면 위에서 들려오는 소리. "엄마!" 살짝 만져질 뻔했던 아이디어는 사라지고 수면 위로 올라와 일상의 풍경들 속에서 가쁜 숨을 내쉬며 빈손을 허탈하게 바라보는 게 이전의 내 모습이었다. 아이들이 엄마를 찾는 일이 적어지고, 이제는 마음껏 물질을 해가며 손에 닿는 대로 아이디어를 모으면 되겠구나 싶었는데, 해녀는 문득 고요한 수면을 올려보며 궁금해했다. '아이들은 뭐 하고 있지? 동네에는 어떤 일이 있지?' 내 안에 다른 정체성이, 다른 스토리가 생겨난 것을 발견한 순간이었다. 그토록 벗어나고 싶어 했던 '엄마'라는 정체성을 육아 10년을 채운 뒤에야 비로소 인정했다. 마을 안에서 아이와 어른이 더불어 놀면서 배우고 성장하는 일상의 경험을 작업으로 연결하고 싶었다. 일과 일상을 양자택일로 나눌 수 없었다. 돌봄과 작업의 공동 연출이 내가 원하는 스토리였다.

　첫째는 엄마를 가르치러 온다는 말처럼, 나의 첫째 아이도 많은 질문을 안겨주었다. 열 살이 된 아이는 어릴 적 엄마의 고민이 무색할 만큼 의젓하게 자라 있었다. 둘째도 공동육아 어린이집을 거쳐 마을 방과후 터전에 뿌리를 내리고 무탈하게 자라는 중이었다. 10년이라는 시간은 아이를 기른 것이 아니라 엄마를 기른 시간이었음을 아이들을 통해 배웠다. 가정 안 돌봄은 한없이 무거웠지만 마을 안 돌봄은 같은 무게라도 나눠 짊어지니 한결 가뿐했다. 돌봄이 일방적인 수행의 노동이 아니라 서로를 돌보는 호혜적인 노동임을 배웠다. 임신과 출산이 하나의 '사건'이었다면, 공동육아를 만난 것도 또 하나의 사건이었다. 가족 안에서 살림을 N분의 1로 나누고, 이웃과 함께 기꺼이 폐 끼치며 살아가면서 육아가 고행(苦行)이 아니라 고행(高幸)이 되는 사건. 그 사건을 경험하고 나면 이전으로 돌아갈 수가 없다.

공동육아라는 결정적인 사건의 최대 수혜자는 남편이었다. 무엇보다도 일상은 없고 일만 있던 남편의 삶에 일상의 영역이 생기고, 동네가 생기고, 이웃 친구가 생겼다. 내가 「부암동 복수자들」을 집필하는 동안, 아이들 돌봄과 살림을 책임지고 마을 방과후 운영진으로 활동해본 남편은 어느 날 문득 고백했다. 그동안 남편이 말해온 '최선'을 내가 왜 인정해주지 않았는지 이해가 된다고. 역할을 바꿔보니, 그동안에는 보이지 않던 육아와 살림의 영역이 드러났고 즉시 그동안 내가 홀로 감당해왔을 애씀이 보였다고 했다. 일상의 영역에서 비자발적으로 소외되었던 아빠가 돌아와서 일상을 재발견하고, 자신이 부재했던 제자리를 찾으며 같이 성장하는 기쁨이 있었다. 직접 보고 듣고 느낀 것이 배움이 되고 변화를 가져왔다. 남편은 다른 가정을 보았고 다른 돌봄을 보았고

황
다은

다른 삶을 보았다. 마을 안에 다양한 어른들이 있어 가능했다. 그들은 가르치지 않고 그저 곁을 내어주며 살아갈 뿐이었다. 그 옆에서 물들고 스며들며 자연스레 배우고 변화해갔다. 이제 남편은 저녁이 있는 삶을 누리려 하고, 귀가할 때 저녁 반찬을 생각해 장을 봐오고, 반찬 아마(방학 때 등원하는 아이들의 반찬을 학부모들이 돌아가면서 만든다. '아마'는 '아빠'와 '엄마'의 합성어로, '반찬 아마'는 반찬을 만드는 아마 활동을 말한다.)로 60인분의 반찬도 뚝딱 만드는 살림의 달인이 되었다. 일상의 영역에서 자발적으로 '최선'을 갱신한 남편은 본업인 촬영에서도 변화를 이끌어냈다. 일상을 향해 카메라를 든 것이다. 마을 아이들과 꾸준히 마을 영화를 만들고, 아이들이 자라는 만큼 빨래가 자라는 시간을 담은 '빨래멍' 영상*을 찍고, 마을 방과후 선생님들의 돌봄 노동을 카메라에 담았다.

마을 방과후 교사들의
존재를 알리다

이사 온 지 9년 차, 두 아이는 중학생이 되었다. 공동육아로 아이들만 자란 것이 아니라 부모인 어른들도 자랐다. 이 모든

---

*   https://www.youtube.com/@summermoonfilm2593

성장 뒤에는 '마을 방과후 교사'라는 돌봄의 주체이자 보조 양육자들이 있었다. 가정과 학교 사이, 돌봄과 교육 사이에서 아이는 물론 부모까지 제 속도에 맞춰 성장하도록 기다리고 돌봐주는 귀한 존재들. 하지만 그분들은 정작 당신들의 삶을 돌보지 못하고 있었다. '마을 방과후 교사'라는 직업은 가족들에게조차 설명하기가 쉽지 않고, 직업란에도 '기타'에 표시할 수 있을 뿐이며, 10년을 일해도 1년의 경력도 인정받지 못했다.

비인가 돌봄 기관에서 일하는 선생님이자 돌봄 노동자인 마을 방과후 교사들의 존재와 수고를 세상에 알리기 위해 다큐멘터리 「나는 마을 방과후 교사입니다」(박홍렬·황다은, 2023)를 제작하고, 선생님들의 글을 모아 엮어 『아이들 나라의 어른들 세계』* 출간을 추진했다. 「나는 마을 방과후 교사입니다」는 극장 개봉과 함께 멀티플렉스 포함 전국 40개 극장에서 상영되었고, 다양한 언론 매체에서 취재와 인터뷰를 진행했다. 32회의 '관객과의 대화(GV)'를 진행하며 뜨거운 공감대를 형성했으며 국회 상영과 간담회로 초등 돌봄 정책을 논의하는 자리를 이끌어내기도 했다. 영화와 책도 공동육아처럼 마을 이웃들과 함께 돌보며 만들어갔다. 마을

---

* 박민영·박상민 외 2인, 『아이들 나라의 어른들 세계: 돌봄과 교육 사이』. 베르단디, 2023.

황
다은

방과후 부모들 간에 '출판위원회'를 꾸려 선생님들의 글을
모으고, 자발적으로 결성된 극장 개봉 지원단 '나마교'와 함께
영화 자체 배급까지 진행했다. '돌봄'의 시간이 단절과 공백이
아니라 당당히 성취와 경력으로 남는 '작업'이 된 것이다.

　돌봄 노동은 경력단절이 아니라 경력심화 과정이다.
가능한 최선을 다해 거리두기를 하고 싶었던 '엄마'라는
정체성이 공동육아와 공동체 안에서 마을의 '아마'로
확장되고, 보이지 않던 돌봄 노동을 사회적으로 호명하는
'사건'으로 이어졌다. 돌봄이라는 긴 여정을 혼자 감당했다면
도착할 수 없는 순간이었다. 이웃들과 곁을 나누고 다양한
삶을 만날 수 있는 마을 공동체는 평생 학교와 같다. 아이들은
부모라는 좁은 울타리를 벗어나 마을에서 자유롭게 자라고
어른들은 부족한 대로 충분히 부모 역할을 할 수 있다. 가닿을
수 없는 완벽한 '부모-되기'보다 매일 일상에서 마주치는
불안과 결핍을 서로 다독이며 '어른-되기'의 즐거움을 나눈다.
어른들이 잘 살면 아이들도 잘 자란다고 믿는다. '공동체'라
이름 붙은 특정 마을에서만 가능한 일이 아니다. 공동육아를
해야만 배울 수 있는 것도 아니다. 곁을 나누고 서로 품을 내는
일은 지금 속해 있는 자리 어디에서나 시작할 수 있다. 기꺼이
폐 끼치는 용기를 낼 수 있다면.

황다은

KBS 극본 공모에 단막극 「아내의 일기」가 당선된 후 드라마 작가로 활동하고 있다. 「부암동 복수자들」, 「나의 위험한 아내」에 이어 차기작 미니시리즈를 집필 중이다. 작업한 영화 시나리오로는 「작업의 정석」이 있다. 최근에는 「나는 마을 방과후 교사입니다」를 연출·제작·배급했다. 「이것은 다큐멘터리가 아니다 1·2」를 잇는 「이것은 다큐멘터리가 아니다 3」 제작을 준비 중이고, 마을에 이사 온 뒤로 틈틈이 찍어온 옴니버스 극영화 「마을 영화(가제)」도 작업 중이다.

　　두 살 터울 아이들과 함께 공동육아 성미산 어린이집과 도토리 마을 방과후 조합원 경력 8년을 채우고 졸업했다. 첫째는 고전을 읽는 대안 중학교에 다니고 있다. 학교에서 배운 사르트르 실존주의 철학과 개인적으로 좋아하는 웹소설 『전지적 독자 시점』을 접목한 에세이를 쓰고 있다. 둘째는 일반 중학교에 입학해 방송반과 탁구 동아리 활동을 한다. 초등 시절 맘껏 놀고 나더니, 중학생이 된 후로는 교과 공부에도 진지하다. 주말에는 마포희망나눔 청소년 봉사단 '오아시스'에서 독거 어르신들께 반찬 배달을 한다.

instagram @storyteller_hwang

예술과 돌봄이 없는
세상을 상상해보라

김
다은

문화예술
기획자

시간이라는
값비싼 금덩어리

직장인의 삶을 딱히 부러워한 적은 없었다. 출퇴근의 굴레 없이 시간을 자유자재로 내게 맞출 수 있다는 큰 강점이 있고, 스스로에게는 의미와 보람을 안겨주고 사람들에게는 재미와 생각을 건네는 내 작업이 통장에 매달 꽂히는 월급과 성과급보다 훨씬 매력적으로 다가왔다. 어떤 일을 하든 때론 불안정하고 힘든 건 매한가지이니, 나라고 특별히 더 괴로울 것도 없다 여겼다. 문화예술 기획자라는 직업의 유연함에 기대며 그렇게 안주했다.

아이를 낳은 후에도 마음은 여전했다. 오히려 직장인이 아니라서 다행이라는 생각까지 했다. 현대미술 작가인 배우자,

아이, 그리고 나는 각자가 필요한 시간과 서로가 서로를 필요로 하는 시간을 그날그날 분배하고 조율했다. 셋은 시간과 공간을 공유하는 하나의 유기체로 오늘은 어제와 또 다른 형태가 되어 매일을 살아갔다. 둘 다 혹은 한 사람이라도 직장을 다녔다면 상상하기 어려운 패턴의 삶이었다.

한편 아이를 낳고 보니 출산 후 바로 일터에 복귀하는 부모야말로 대단하다는 생각이 부쩍 들었다. 아이의 삶은 불규칙과 엇나감의 연속이라 갑작스러운 변수가 시도 때도 없이 발생하는데, 그 혼란 속에서도 나보다 이미 한참 전에 출근 준비를 마치고 일터로 떠났을 부모들을 떠올릴 때면, 아이를 이유로 연차·반차·육아휴직을 턱턱 쓸 수도 없는 어려운 현실과 직장 내 분위기를 감당해야 하는 그들을 향한 박수가 절로 나온다. 이미 오랫동안 프리랜서의 삶에 익숙해진 나로서는 감히 직장인 라이프를 시도할 용기조차 나지 않으니 말이다.(진심으로 리스펙!)

그러다 직장인을 향한 부러움은 생각지도 못한 순간에 일렁였는데, 안정적인 연봉 때문이 아니라 바로 직장 어린이집이 있다는 것을 친구로부터 들은 까닭이다. 어린이집 등원을 위해 아이를 내게서 서서히 분리시키며 일의 영역으로 복귀하면서 비로소 깨달았다. 내 새끼만큼이나 금쪽같은 건 다름 아닌 시간이었다. '집-일터-어린이집'의 버뮤다 삼각지대에서는 쥐도 새도 모르게 시간이 사라졌다. 각 위치

간 이동 거리가 조금이라도 늘어나면 '가사-일-돌봄'을 위해
겨우 쪼개놓은 시간마저 점점 더 쪼그라들었다. 계획과
조율만으로는 도저히 수지 타산을 맞출 수 없는 것이다. 그런데
일터와 어린이집이 한곳에 나란히 있다니! 그야말로 일석이조,
일타쌍피 아닌가.

다행히 부모 예술가의 실태를 파악하고 있는
한국예술인복지재단에서는 예술인 자녀돌봄센터를 운영하고
있다. 그러나 홈페이지의 홍보 문구처럼 '예술인의 육아 부담
완화를 통해 안정적인 예술 활동'과 '평일 저녁, 주말 동안에도
안심하고 창작 활동에 전념'할 수 있는 혜택을 받을 수 있는
곳은 전국에서 딱 두 곳이다. 그마저도 둘 다 서울, 공연예술이
활발한 대학로와 예술인 인구가 많이 거주하는 마포구
망원동에 있다. 거주지나 일터가 센터와 근접해 예술인에게
제공되는 유일한 돌봄 복지를 잘 활용할 수 있는 부모 예술가도
있겠지만 매우 소수일 테고, 대다수는 이 혜택을 누릴 수 없을
것이다.

예술가는 예술을 생산하는 주체다. 「문화예술진흥법」에
따르면 문화예술을 "문학, 미술(응용미술을 포함), 음악, 무용,
연극, 영화, 연예(演藝), 국악, 사진, 건축, 어문(語文), 출판
및 만화를 말한다." 굳이 이렇게 공식적으로 범주를 나누지
않더라도 오늘날 우리는 예술이 없는 세상을 상상조차 하기
어렵다. 매일매일 당신의 눈앞에는 예술이 펼쳐진다. 그런

김
다은

예술을 창작하기 위해서는 예술가에게 적합한 환경과 비용, 그리고 무엇보다 시간이 필요하다. 작품 하나를 완성시키고자 예술가는 수백 수천 시간 동안 끊임없이 상상하고, 연구하고, 협업한다. 수많은 사람이 향유하는 예술의 결과물은 절대로 우연히, 저절로 빚어질 리 없다. 그런데 부모가 되고 나니 시간은 값비싼 금덩어리다. 작업을 위한 시간은 생각만큼 채워지지 않는다. 출퇴근할 직장이 없는 프리랜서이다 보니 돌봄과 가사가 하루의 일과에 제멋대로 끼어든다. 자율적으로 시간을 활용할 수 있다는 장점이 도리어 덫이 된 꼴이다.

창작의 시간도 그렇지만, 예술이라는 결과물을 누군가에게 선보이기 위해서는 미팅, 제작, 설치, 합동 연습, 리허설, 오프닝, 네트워킹, 부대 행사, 철수 등 사전과 사후에 여러 단계와 과정이 따른다. 게다가 이러한 일련의 일들은 한 장소에서만 이루어지지 않는 경우가 많다. 즉 창작 외 활동과 이동을 위한 시간도 잘 비축해두어야 한다. 예술가가 오롯이 혼자 작업하는 시간은 여느 직장인처럼 아이의 일과에 어느 정도 맞춰볼 수도 있겠지만, 다른 예술가나 기관과의 협업 또는 팀을 이루는 작업이 대부분인 이런 종류의 일은 아이가 어린이집이나 학교에서 돌아온 이후 시간에 진행되는 경우가 부지기수다. 나는 저녁 시간대에 열리는 행사 오프닝이나 뒷풀이 자리는 네트워킹의 꽃이라 절대 빠지지 않았었지만, 이제 저녁 시간에는 식사, 놀이, 목욕, 취침의 빼곡한 루틴이

자리 잡고 있을뿐더러, 그 과정에는 고단함이 따라온다는 걸 알기에 매번 배우자에게 떠넘기기 어렵다. 주말 일정을 소화하기 위해서는 온 집안 식구들에게 전화를 돌려가며 나 또는 배우자 혹은 둘 다의 부재로 생길 돌봄 공백을 채워야 했다. 그럴 때면 작업실과 어린이집이 한 패키지거나 주말의 일터에 돌봄 노동을 대신해주는 서비스가 제공된다면 좋겠다는 생각이 마구 밀려왔다. 그렇게 해서라도 일을 위한 시간을 확보해 내 기량을 충분히 발휘하고, 삶의 만족에서 생성되는 다정함을 탑재한 엄마로서 아이를 마주하고 싶은 것이다.

내가 스스로에게 준 육아휴직

안 그래도 시간과 실랑이를 벌이느라 괴로운데, 간혹 예술을 취미 활동 내지는 그저 좋아서 하는 일로 여겨 이 직업에 대해 가벼이 대하거나 심지어 죄책감까지 안겨주는 사람들이 더러 있다. 예술은 국영수처럼 필수 과목이었던 적이 없다. 좀 미룬다 한들, 제친다 한들 대세에 지장이 없다고 본다. 예술가도 엄연한 직업이며 사회의 일원임에도 불구하고 이 직업에 대한 충분한 이해와 고려 없이 '예술가=자유로운

김
다은

영혼'이나 '예술은 돈 안 되는 직업'이라는 인식이 여전히
존재한다. 아무 데서나, 아무 때나 작업하면 뚝딱 나오는
게 예술이라고 생각하는 걸까? 누군가에게는 자아실현과
생계유지의 기반인 예술가라는 직업이 가장 가까운 관계인
가족으로부터도 인정받지 못하는 경우를 본 적이 있다.

엄마라는 정체성에 대해서도 사람들은 비슷한 관점에서
이야기한다. 네가 택한 결혼이고, 네가 원해서 낳은 아이다.
예술이든 돌봄이든 누가 시켜서 하는 게 아니라 좋아서 기꺼이
하는 일이라는 거다. 맞는 말이다. 내 선택이니 그 의무와
책임은 당연히 내게 있다.

나 역시 많은 엄마와 마찬가지로, 출산한 후 첫해는 순하고
예쁜 이 아기를 위해 기꺼이 1년을 보내리라 마음먹었다.
돌이켜 생각해보면 어디에도 소속되지 않았고 휴직 급여를
따로 받은 것도 아니지만, 10년 넘게 쉬지 않고 일해온 나를
위한 안식년이자, 아이를 위해 자체적으로 선택한 육아휴직을
보냈던 셈이다. 만족스러운 모유수유를 1년 넘게 했고(아이와
애착을 형성한다는 점보다는 젖병과 분유로부터 자유로운 편리함을 높이
샀다.), 요리를 좋아해서인지 각양각색 재료를 활용한 이유식
만들기는 일종의 즐거운 실험 같았다. 눈앞에서 꼬물거리는
존재와 함께하는 일상에 푹 빠져 사느라 내게 밀려올 질문들을
그때는 미처 눈치채지 못했다.

양육자로서 오롯이 아이에게 에너지를 쏟고 집중해야

하는 때로부터 조금씩 벗어나 가사와 돌봄 외 시간이 생겼고, 동시에 일의 기회가 하나둘 들어오기 시작했다. 그리고 그때까지만 해도 세 가지 정체성(여성-문화예술 기획자-엄마)이 각각 혹은 결합되는 방식에 대해 예민하게 감각하지는 않았다가, 이 세 가지가 다양하게 중첩되는 시기에 이르면서 나는 어쩔 줄 몰라 했다. 대다수가 비혼인 동료들 사이에서 나의 상황은 어디까지 용납되고 이해될지, 일하면서 자연스레 엄마라는 사실이 드러났을 때 보이는 사람들의 다양한 반응들("엄마일 거라고는 상상도 못했다.", "그럼 애는 지금 누가 보고 있어?", "역시 엄마라 그런 태도를 보였구나." "아니 아직 젊은데 애가 둘이나 있다고?", "아들 둘 엄마치고는 목소리가 상당히 낭랑하다.", "남자애 둘씩이나? 어휴, 힘들겠다." 등등)에 나는 어떻게 답해야 할지, 여성 혹은 엄마가 아닌 사람들은 내 생각과 감정을 어떻게 바라볼지, 과연 내 일상은 충분히 성평등한지 같은 물음표로 가득한 롤러코스터를 매일 갈아탔다.

　게다가 나는 스스로 던진 질문들에 차분히 답할 겨를도 없이 돌봄과 작업, 이 두 가지 임무를 모두 수행하기 위해 몸으로 때우거나 돈으로 해결해야 했다. 나는 한동안 후자를 택했다. 오후 3시 반에 아이를 데리러 가지 못하는 나는 밀린 가사와 아이와 함께하는 시간을 대신 해줄 중년의 이모님을 구했다. 하루에 세 시간, 많게는 다섯 시간에 해당하는 비용을 벌이 중 대부분으로 할애했다. 한마디로 시간을 돈으로 산

김
다은

셈이다. 어떤 날은 낮잠을 위해 돈을 썼다. 그렇게 몇 달을 지내니, 이렇게 지출을 할 바에 그 시간 동안 내가 가사와 돌봄 노동을 하면 우리 가정에 더 도움이 될 거라는 생각이 절로 들었다. 예술과 육아를 병행하고 싶은 마음을 저버리지 않으면서 이것저것 따지다 보면 머리에 쥐가 났다. 이모님께 노동과 서비스에 대한 대가를 지불하면서 '내 삶에서 중요한 것은 무엇인가? 나는 무엇을 위해 사나?'와 같은 물음이 자연스럽게 뒤따라왔다.

끊임없이 변화하는
엄마 정체성

갓 엄마가 되어 예술계에 복귀한 이 30대의 여성 기획자는 이렇게 켜켜이 쌓이는 내면의 숱한 질문들에 스스로 답하지 못했다. 도대체 다들 어떻게 이 알다가도 모르겠는 '예술과 육아'를 굴리고 있는지 궁금할 따름이었다. 무엇보다 나는 그 당시 수백 개의 생각을 싣고 목적지도 모른 채 떠다니는 외로운 처지였다. 게다가 '김다은, 문화예술 기획자, 엄마'라는 세 개의 정체성이 뒤엉킨 상태였다. 이제껏 나 자신을 잘 아는 사람이라 생각했었는데……. '나는 누구인가? 어떻게 살아야 할까?' 결국 거대한 질문 앞에 선 날이 오고야 말았다. 근원적인

고민은 깊어졌고, 그렇게 『자아, 예술가, 엄마』라는 기획이
시작되었다.

　　『자아, 예술가, 엄마』는 마더후드(motherhood), 즉 엄마인
상태 또는 엄마됨에 주목했다. 아이가 성장하며 자아를
형성해가듯, 예술을 향한 예술가의 태도와 그 의미가 삶의
주기에 따라 조금씩 변모하듯, 엄마라는 정체성 역시 끊임없이
변화한다고 생각했던 것이다. 유기적이고 유동적인 각자의
엄마됨은 각각의 예술적 실천만큼이나 다채로웠다. 시각예술
직종에 종사하는 여러 엄마의 이야기를 듣고 기록했으며,
당시 한 살인 아이를 키우던 나의 엄마됨에 대해서도 가감
없이 털어놓았다. 책 속에는 엄마라면 누구나 공감할 수 있는
문장들부터 오직 한 개인이 경험한 예술과 육아를 둘러싼
고유한 이야기가 동시에 공존했다.

　　매우 개인적인 차원에서 『자아, 예술가, 엄마』로부터
얻은 가장 큰 수확을 꼽자면 크게 두 가지다. 첫 번째는
생각과 감정의 언어화다. 여러 생각과 감정이 속출하도록
내버려두면서, 그것들을 솔직하고 정확한 단어와 표현으로
엮고 문장과 문단으로 구성하는 일. 인터뷰이와 인터뷰어인
나 사이에서 두서없이 배출된 수많은 글 조각을 수십 차례
곱씹은 후 세심히 나열하며 하나의 덩어리로 만드는 일.
또 그것에 적절한 제목을 얹혀보는 일. 그때까지 전시나
워크숍과 같이 특정 장소에 관객이 찾아오는 기획과 진행에

김
다은

익숙한 나는 글쓰기가 한 번도 주특기였던 적도 없거니와
일기조차 쓰지 않았었다. 타인의 목소리와 더불어 나의
말을 책이라는 매체에 담아내던 그 과정은 내게 매우 생소한
경험인 동시에 예술과 육아에 대해 통찰하는 시간이었다.
개인·현재·상태·시대·사회에 대해 언어로 정리하고 기록하는
일이 중요하다는 것은 물론 알고 있었지만, 그 실천이 내 삶에
이렇게 성큼 자리 잡을 줄은 상상도 못했다.『자아, 예술가,
엄마』이후 작업인『서울의 엄마들』과『자아, 예술가, 아빠』
역시 책으로 나올 정도로 말이다.

　　두 번째 수확은 경계 없는, 유연한 연대를 통해 도달하고
싶은 궁극적인 목표가 생겼다는 점이다. 각자가 펼치는 예술에
대하여, 예술가의 삶 안에서 마주하는 엄마됨에 대하여,
아이를 키우는 일에 대하여, 이 사회에서 여성으로 살아가는
것에 대하여 열 명 넘는 국내외 엄마 예술가들과 수십
시간에 걸쳐 이야기를 나눴다. 돌봄의 주체(엄마)이자 작업의
주체(예술가)라는 공통의 정체성에서 쏟아져나온 대화에서
굉장한 위안과 용기를 받았다. 분명 그들 중 대부분은 책을
기획하기 전까지 일면식도 없는 사이였다. 그럼에도 이 신선한
유대감은 낯설지만 너무나 반가웠다. 연대라는 가치를
진심으로 갈망하고 있다는 사실을 이제야 스스로 알아차린
것이다.

　　리서치 중에 발견한 한 프로젝트를『자아, 예술가,

엄마』에서 언급할 기회가 있었는데, 바로 'Mothers in Arts Residency(예술계 엄마들을 위한 레지던시)'다. 이는 2017년 암스테르담에서 세 달간 팝업 형태로 열린 레지던시 프로젝트로, 헝가리 출신의 사진작가 실라 클레얀스키가 기획했다. 그는 네덜란드에 거주하는 외국인으로서 가족의 도움 없이 오롯이 육아를 전담하고 예술가로 살고 있었는데, 본인을 포함해 그와 배경이 비슷한 예술가 엄마 네 명이 3개월 동안 서로 돌봄을 대신해주며 예술 작업을 위한 시간을 확보하는 구조의 레지던시를 기획하고 운영했다. 공동 전시를 마지막으로 프로젝트를 마무리했고, 기획과 결과의 과정은 홈페이지에 상세히 기록했다. 책 기획을 핑계로, 클레얀스키와 만나 깊고 다양한 대화를 주고받았고 그의 소중한 경험담을 『자아, 예술가, 엄마』에 실을 수 있었다. 개인이 당면한 이슈를 공동 실천을 통해 해당 분야 안에서 해결하고 이를 의미 있는 프로젝트로까지 선보인 방식에 나는 너무나도 매료되었다. 예술로 맺어진 연대 안에서 돌봄과 작업을 위한 적절한 환경을 마련할 수 있다는 가능성을 엿본 것이다.

그런 연유로 기획한 것이 작업하는 부모 예술가들의 커뮤니티를 지향하는 '예술육아소셜클럽'이었다. 또 연대에서 이루어지는 대안적인 돌봄 시스템을 배우고자 두 아이를 공동육아 어린이집에 보냈다. 나의 궁극적인 목표를 실현하기 위해 아이들을 이용(?)해 공동육아 어린이집을 스스로

체험했던 셈이다. 어느 시점부터 나는 기획자라는 좋은 구실을
빌미로 건강하고 뿌듯한 돌봄과 작업을 위한 프로젝트를
제안하고 실행하는 일을 망설이지 않기로 했다. 『자아, 예술가,
엄마』가 내 안에 심어준 원동력 덕분에 가능한 접근이었다.

　　무엇보다 책을 통해 작더라도 함께하는 연대의 힘을 믿게
되었다. 예술 활동의 자율성과 돌봄의 불규칙성이 맞물릴 때,
어떤 식으로 예술과 육아를 병행할 수 있을지 갈피를 못 잡을
때, 나는 곧장 유대감에 기댔다. 비단 나와 같은 상황에 놓인
엄마 예술가들로부터만 얻는 감정이 아니었다. 남녀, 결혼과
자녀 유무와 관계없이 김다은으로 살아가는 나를 응원하며
바라봐주는 동료들, 다른 분야에서 활동하는 엄마와 아빠들,
서로 다른 삶의 주기에서 만나는 여성들, 더 나은 사람이
되라고 북돋아주는 어린이들. 그때그때 내 앞에 놓인 사람들과
맺는 관계 안에서 느슨하지만 유연한 연대의 손을 먼저 내미는
일을 주저하지 않게 되었다. 덕분에 나의 정체성인 자아,
예술가, 엄마는 조금씩 단단해졌을지 모른다.

　　　예술도 돌봄도
　　　지속할 수 있다면

어떻게 보면 '예술가'라는 직업과 '엄마'라는 정체성은 묘하게

닮았다. 둘 다 정말 좋아서 시작한, 스스로 선택한 길이다.
마땅히 소속이랄 게 없다 보니 예술가와 엄마로 살면서
문제점을 느끼고 이의를 제기하고 싶더라도 대개 개인의
범주에서 해소하고 해결해야 하는 위치에 놓인 사람들이라는
점에서도 유사하다. 그러나 개인의 영역에서 벗어나 조금 더
넓게 바라보면 예술과 돌봄 모두 이 사회에서 없어서는 안 되는
실천이다. 예술과 돌봄이 없는 세상을 상상이나 할 수 있을까?
결코 가볍지 않은 노동이 분명하며, 마땅히 존중받을 가치임에
틀림없다. 나는 되도록 많은 사람이 이 사실을 인지했으면
하고, 격한 동의를 바란다.

　　물론 여전히 갈 길은 멀어 보이고 직장인 친구가 누리는
돌봄의 혜택에 눈길이 간다. 그럼에도 일단 나 개인이
안정적으로 예술 활동을 지속하고 돌봄도 충분히 행할 수
있도록, 더 나아가 부모 예술가들과 함께 우리에게 현실적이고
효율적인 환경을 만들고자, 현재 발 딛고 있는 나의 일터와
가정에서부터 크고 작은 변화를 모색하는 이 길을 부단히
걸어볼 생각이다. 당신도 동행해준다면 더할 나위 없이 감사할
것이다.

김
다은

김다은

시각예술 작가인 배우자와 함께 세 살과 여섯 살 두 남자아이를 돌보고 있다. 이들이 예술과 여성에 대해 폭넓은 생각을 할 수 있는 사람으로 성장하기를 꿈꾼다. 예술공간 팩토리2, 문화예술기획그룹 다단조, 문화복합공간 코스모40에서 기획자로 전시, 워크숍, 교육 프로그램 등을 펼쳐왔다. 한편 여성, 엄마, 기획자라는 세 개의 정체성을 단단하고 건강하게 지키며 지속하려는 노력과 기획력을 엮어, 단행본 『자아, 예술가, 엄마』, 『자아, 예술가, 아빠』, 『서울의 엄마들』을 선보인 바 있다. 현재 부모 예술가의 연대를 꿈꾸는 예술육아소셜클럽의 멤버이자, 팩토리2의 프로그램 디렉터로 활동 중이다. 돌봄의 영역이 고려되는 건강한 예술계를 만들고싶다는 열망이 있다.

instagram @self.artist.motherhood

김
연화

과학자의 실험실 돌봄과
엄마의 가정 돌봄

과학기술학
연구자

집에서는 보이지 않고,
실험실에서는 보이는 것들

"실험실이 지저분한 게 학생들 눈에는 안 보이나 봐."

어느 날 남편이 툭 던진 푸념에 순간 말문이 턱 막혔다.
할 말이 없어서가 아니라 할 말이 너무 많아서. 남편의 한탄에
맞장구쳐줘야 할 것 같은데 도저히 그럴 수가 없었다.
　　　남편과 나는 가사 노동을 함께했다. 누가 무엇을
담당하자고 정확하게 나눈 것은 아니었다. 빨래가 쌓이고
먼지가 쌓이면 누구든 알아서 먼저 세탁기와 청소기를 돌렸고,
먹고 싶거나 상대에게 맛보여주고 싶은 요리가 있는 사람이
장을 봐와서 요리를 하고 설거지를 했다.(결혼하자마자 우리

부부는 해외로 나갔기 때문에 밥은 거의 집에서 해 먹었다.) 그러나
집 안에 굴러다니는 먼지와 가득 찬 빨래통은 집에 머무르는
시간이 좀 더 긴 내 눈에 더 자주 띄었다. 그리고 세면대,
변기, 욕조의 더러움도 내 눈에만 보이는 것 같았다. 이뿐만이
아니었다. 청소할 때 바닥을 깨끗하게 닦는 남편의 눈에는
창틀이나 벽 선반에 낀 먼지, 깐 지 보름이 되어가는 침대보는
안 보이는 듯했고, 싱크대 가득한 접시들을 닦으면서도(사실
한 번 헹궈서 식기세척기에 넣으면 된다.) 싱크대 주변에 튄 물방울,
수전에 들러붙은 물때, 전기렌지 주변의 그을음, 부엌 찬장의
기름때, 싱크대 배수통의 음식물도 눈에 띄지 않는 듯했다.

　　서로에게 맞춰가며 새롭게 가정을 꾸려나가는 신혼
시기, 나는 남편에게 잔소리하는 아내가 되고 싶지는 않았다.
그렇다고 매번 남편이 집안일을 마친 후에 내가 다시 해야
하는 것도 싫었다. 그래서 내 나름대로 남편 훈육을 시작했다.
"요리도 맛있게 해줬는데 설거지까지 다 해줘서 고마워. 낮에
보니 싱크대 배수통에 음식물쓰레기가 조금 있던데 그것도
같이 치워줄 수 있어?", "오늘 볕이 좋네. 이불 빨래하기 좋은
날씨다.", "아, 맞다. 창틀에 먼지가 있었는데, 그거 닦는 걸
깜빡했네." 이런 식으로 큐를 주면서 남편의 행동을 유도했다.
다행히 남편은 눈치 있게 알아들었고, 요령 있게 집안일을
터득했다. 남편이 성장할 때마다, 포켓몬 트레이너라도 된 듯
나도 기뻤다. 물론 가끔은 이 훈련이 언제쯤 끝날 수 있는 걸까

답답하기도 했지만…….

"아니 그러니까 그건 내가 당신과 결혼한 이후로 매일매일 당신에게 하고 싶었던, 그리고 가끔 내가 못 참고 했던 그 말이잖아!" 결국 맞장구 대신 당신도 그렇다는 말이 튀어나왔다. 남편도 말한 순간 내 표정을 보고 '아차' 싶었다고 했다. 그런데 곧바로 궁금해졌다. '잠깐, 그럼 집에서는 내가 코치해줘야 했던 그 집안일들이, 집이 온전한 상태로 유지되기 위해 돌봄을 요구하는 그 일들이, 집에서는 보지 못했던 그것들이 실험실에 가면 보인다는 거야?' 당시 나는 남편에게 집안의 돌봄 노동 훈련을(정확히는 돌봄이 필요한 부분을 포착하는 훈련을) 계속하고 있었는데, 그러니까 자신이 책임자로 있는 실험실에서는 그게 그렇게 잘 보였다니. 돌봄에 대한 책임을 어디까지 지고 있는가에 대한 차이에서 비롯된 것일까. 그 부분은 차치하고라도 남편의 그 말은 당시 나의 작업에 전환점을 가져다주었다.

실험을 돌보는 사람들?

어려서부터 과학자를 꿈꿨던 나는 일상과 전혀 다른 공간인 실험실을 좋아했다. 대학 시절 방학마다 대학 연구실에서 연구 참여를 하다 대학원에 진학했다. 화학에서 과학기술학으로

전공을 바꿨을 때도 실험실 연구(Laboratory Studies)를
했다. 과학기술학 전공자가 되어 내가 과학자로 머물렀던
실험실이라는 공간에서 과학자들이 하는 활동을 관찰하고
분석하고 기록하는 일은 또 다른 즐거움과 깨달음을 안겼다.
그래서 대학 내 물리학과 실험실에서 연구자들이 과학의 영역
밖에 있던 '경락' 개념을 연구 대상으로 만들어가는 과정을
분석해 두 번째 석사학위를 받았다. 대학원을 졸업한 후 정책
분야에서 일하면서도 실험실 연구를 다시 하고 싶었던 차에,
남편이 이공계 대학교수로 임용이 되면서 실험실 책임자를
맡았다. 대학 신임교수의 신생 랩이 꾸려지는 과정! 적어도
내가 알기로 이 주제로 연구한 사람은 없었다. 이런 기회를
놓칠 수 없어서, 남편에게 당신의 실험실을 내 연구 현장으로
삼아 초기 실험실을 기록하겠다고 제안했고 남편은 흔쾌히
수락했다.

실험실 연구는 1970년대 일군의 학자들에 의해 수행되어
과학기술학이라는 새로운 학문 분과를 탄생시키는 데
일조했다. 이들은 과학 이론을 연구하면서 정합성을 찾았고,
과학자들에게 과학이 무엇인지 묻기보다 직접 실험실로
들어가 그 안에서 과학자들이 무엇을 하는지 관찰했다. 과학
지식은 과학자들의 머리에서 나오는 게 아니었다. 과학자들은
생각하는 동시에 끊임없이 자신의 몸을 움직이며 실험실에
있는 수많은 물질과 함께 과학 지식을 만들어냈다. 과학자들은

실험실에서 거듭 실험과 실패를 반복하고 있었고, 실패의
경우의 수를 거의 다 쓸 때쯤 성공했다. 실험실 밖에서도
성공적으로 작동하는 과학 지식이 바로 그 성공 사례로,
과학기술학자 브뤼노 라투르는 수많은 실패는 실험실에
가려져 있어 과학의 성공이 외부인 눈에는 기적같이 보이는
것이라고 주장했다. 실험실 연구는 과학 지식에 붙어 있던
'경이'라는 환상을 벗겨내고 과학자가 실험 장비나 자연,
여러 물질과 협상한 결과물임을 볼 수 있게 해주었다. 실험실
연구는 더 많은 연구자에 의해 다양하게 변주되어 이어져왔다.
그 속에서 나의 실험실 연구를 좀 더 멋진 것으로 만들기
위해서는 단순히 아무도 연구하지 않았던 신생 랩을 본다는
것을 넘어 독특한 무언가가 필요했다. 그러던 중 남편 말을 듣고
눈이 번쩍 뜨인 것이다.

　　우리 집은 돌봄에 잠시만 게을러도 금세 더러워진다.
청소, 빨래, 설거지는 하더라도 크게 티가 나지 않지만, 하지
않으면 티가 정말 많이 난다. 실험실도 마찬가지다. 매일 실험을
하기에 실험을 하고 나면 뒤처리가 필요하다. 실험에 사용했던
초자를 닦고 장비를 세척하고, 썼던 화학물질들을 모두
제자리에 두어야 한다. 하지만 이것으로는 충분하지 않았다.
집에서 싱크대에 튄 물을 닦고, 일정 간격으로 침대보를 갈고,
진공청소기·세탁기·식기세척기를 세척하고, 쌀이 떨어지기
전에 미리 쌀을 주문해야 하는 것처럼, 실험실에도 눈에 잘

김
연화

띄지는 않지만 꾸준히 돌봐야 할 일들이 있었다. 실험 장비에 지속적으로 주입해주어야 하는 질소나 헬륨 가스가 충분한지, 가스 업체가 쉬는 주말이나 휴가 기간에도 부족하지 않은 양인지, 실험할 때 기본적으로 사용하는 용액들이 채워져 있고 적절한 방식으로 보관 중인지, 시약을 보관하는 냉장고의 온도는 잘 유지되고 있는지와 같은 일상적인 부분부터, 실험 장비에 연결된 진공펌프의 모터는 잘 돌고 있는지, 먼지가 쌓여 있지는 않은지, 장비에 연결된 관에서 액체나 기체가 새어 나오지는 않은지 등 실험을 하면서 세심하게 알아차려야 하는 것들도 있었다.

집을 돌본다는 것이 단순히 우리가 사는 공간을 깨끗하게 하는 것만을 의미하지 않고 아늑함과 편안함을 주고 나아가 가족의 생활이 안정되도록 하는 일까지 포함한다면, 실험실을 돌보는 일 역시 실험실에서 진행되는 실험을 돌본다는 의미도 포함할 것이다. 이는 실험이 원활히 잘 이뤄지기 위한 기본 조건이지만, 아이러니하게도 기본이기에 연구결과를 발표하거나 논문을 쓸 때는 전혀 언급되지 않는다. 마치 가정을 돌보고 아이를 돌보는 일들이 내 일상에서 너무 많은 부분을 차지함에도 당연히 해야 할 일로 여겨져서 특별하지 않게 여겨지듯이. 논문에서 언급되는 실험방법에는 용액을 어떻게 만들고 무슨 장비를 어떤 조건에서 측정했는가는 쓰여 있지만, 위의 과정들은 간단하게 '준비했다' 혹은 '측정했다'로

함축된다. 하지만 준비하고 측정한 것이야말로 실험결과를
얻는 데 가장 필수적인 행위다. 과학자가 되는 과정에는
실험실을 돌보는 방식을 익히고 어느 부분에 돌봄이 필요한지
알아채는 능력을 기르는 일도 포함되어 있다. 과학자의
일상에서 가장 중요한 점이 바로 실험을 되게 하는 것이다.
그렇다면 실험이 가능해지도록, 더 나은 실험결과를 얻도록,
실패를 줄이고 성공하도록 하는 일이야 말로 과학자의 중요한
능력이며 여기에는 바로 실험을 돌보는 일이 포함되지 않을까?
그렇다면 과학자들을 실험을 돌보는 사람들로 보면 어떨까?
이와 관련해 기존 시각과 다른 부분을 찾아낼 수 있을까? 계속
질문을 던지다 보니 실험실이 달리 보이기 시작했다. 전에는
과학하는 데 있어서 부차적이라고 생각했던 것들이 전혀
그렇지 않고, 중요한 의미를 갖는다는 것을 깨달았다. 남편의
푸념 덕에 시작한 돌봄에 대한 고민으로 나의 실험실 연구는
새로운 관점을 얻은 것이다.

> 엄마는 아이를 위해
> 늘 에너지를 비축해놓아야 한다

돌봄이라는 렌즈로 실험실을 보니 집에서 이뤄지는 나의 돌봄
행위도 새로운 의미를 갖게 되었다. 상쾌한 기분으로 아침을

맞이하게 해주는 보송보송한 이불, 다림질까지는 못하더라도 깨끗하게 빨아 옷장에 걸려 있는 옷, 가지런하게 정리된 찬장 속 그릇, 발에 밟히는 머리카락이나 먼지가 없는 방바닥 등은 기본적인 일상을 가능하게 해주는 동시에 나에게 좋은 하루를 선사해주는 것들이었다. 그런데 여기에는 중간이 없었다. 하루라도 하지 않으면 집은 금세 더러워지고 왠지 자꾸 기분이 나빠지지만, 공을 들이면 상쾌한 기분으로 일도 잘할 수 있을 것 같았다.

특히 아이가 생기자 돌봄은 더 큰 효과를 드러내기 시작했다. 아이는 신기하게도 내가 얼마나 신경 쓰느냐에 따라 달라졌다. 어린이집을 다니기 시작하면서 아이는 자주 감기에 걸렸다. 코로나 때문에 마스크를 쓰고 있는데도 감기는 왜 그리 자주 걸리는지. 하원한 아이의 코에 하얀 콧물 자국이 있거나, 재채기가 잦아지거나, 잠자는 아이의 숨소리가 평소와 다르다 싶으면 어김없이 다음날 감기가 찾아왔다. 그런데 '어, 감기가 오려나?' 싶은 시점에 아이에게 따뜻한 물을 평소보다 더 마시게 하고, 옷을 평소보다 더 따뜻하게 입히고, 가습기를 틀어 놓는 작은 행위는 아이가 감기로 앓는 시간을 줄여주었다. 이 일들은 훈련된 예민함과 조금의 부지런함만 있으면 가능했다. 그렇다. 예민해야 하는 일이었다.

임신 후 내 몸은 완전히 변했다. 뭐랄까. 나는 약간 들뜬 상태의 전자처럼 불안정해졌다. 그러니까, 살짝 정신줄을

놓은 것 같은 기분이었달까. 아마 평소보다 높아진 체온 때문인 것 같았다. 한곳에 집중하기 어렵고, 운전대 앞에서 신호를 인지하며 적당히 가속 패들을 밟은 채 몸이 저절로 반응해 달려가고 있지만 적당한 때에 차선을 바꾸는 일이 살짝 버겁게 느껴지는 정도? 게다가 세상 모든 냄새 분자가 다 내 코로 들어오는지 작은 냄새에도 민감하게 반응하고 속은 메슥거렸다. 정신 집중은 안 되고 냄새는 다 내 코로 집중되고. 게다가 몸의 변화만 있었던 게 아니었다. 산부인과에서 의사 선생님으로부터 "어머님"이라는 말을 듣고 이게 대체 뭔가 싶었는데, 어느 날 엄마가 나를 "가을오리(우리 아이 태명) 엄마"라고 불러 아연실색하게 했다. 지하철의 임신부석 논란 뉴스가 나온 후로, 나는 지하철을 타는 시민1에서 대한민국의 미래를 배 속에 담고 분홍 의자에 앉는 논란의 주인공이 되었다. 임신 5개월을 넘어서자 더 이상 좁은 칸에 주차하고 차에서 내릴 수 없음을 깨닫고 직접 운전하는 것을 그만두었다. 나의 몸이 변하면서 나의 모든 일상이 변했고, 사람들이 내게 기대하는 것도 변했다.

열 달만 참자. 아이를 낳고 나면 다시 예전처럼 돌아가서 커피도 마시고 좋아하는 매운 음식도 먹을 수 있을 거라 여겼는데, 아뿔싸. 완전한 착각이었다. 내 배 속에서 나와 한 몸처럼 지내던 아이는 이제 밖으로 나왔지만 여전히 나와 한 몸처럼 붙어 있었다. 책부터 찾아보던 평소 습관처럼 나는

아이에 대한 정보도 책을 통해 얻었다. 책에 따르면, 처음에는
잠깐씩 창문을 여는 것부터 시작해 몇 개월 동안 천천히
아이에게 바깥 공기를 쐬게 해주어야 했다.

신생아와 함께 집에 머무르면서 나의 예전 삶은 전생이
되어갔다. 나의 모든 생활 패턴도 이제 막 세상에 나온 아이에
맞춰졌다. 화성에 탐사 로봇을 보낸 과학자들은 화성 탐사를
'잘 되게' 하기 위해 하루가 24.5시간인 화성 시간에 맞춰
생활 패턴을 바꾼다고 한다. 이제 막 지구에 도착한 신생아를
지구인으로 만들기 위해 우선 그에게 나를 맞췄다. 그런데
어느 책에서 무서운 말을 접했다. '영유아 돌연사 증후군.'
정확한 원인은 알 수 없지만 질식에 의한 경우가 많다고 했다.
이 말은 내게 정말 강력한 힘을 발휘했다. 엄마에게 해주는
조언 중 가장 큰 비중을 차지하는 것이 아기가 잘 때 쉬라는
말이었지만 돌연사를 알게 된 이상 이제 아이가 잘 때도 숨을
잘 쉬고 있는지 수시로 확인해야 했다. 이뿐만이 아니었다.
아이가 울 때 바로 대응하지 않으면 부모를 믿지 못하고
자포자기하게 된다, 아이가 다양한 목소리를 자주 들어야 말을
빨리 배운다, 옹알이라는 아이의 소통 방식을 받아주어야
사회성이 길러진다는 등의 이야기를 접한 이상 가만히 있기
어려웠다. 자기표현을 표정과 울음으로 하는 아이와 소통하기
위해 모든 신경을 아이에게 쏟아야 했고 그만큼 예민해져야
했다. 그렇게 나는 전과 완전히 다른 사람이 되어버렸다.

전에는 임금 노동 활동과 공부 앞에서 집안일을
마지막으로 미루기 일쑤였다. 가족과 식사하거나 놀러가는
일은 비교적 협상하기 가장 쉬운 사안이었다. 그런데 양육자가
되자 아이와 관련된 일이 우선순위를 차지했다. 양육자는
아이와 세상을 이어주는 유일한 소통 창구였고 아이에게
나는 아이의 세상 그 자체였다. 게다가 아이는 너무나도
사랑스러웠다. 아이가 생기기 전 내가 했던 어떤 상상도 이에
비할 수 없었다. 내가 누군가의 온전한 세상이 되는 것을
경험하자 나를 보고 가장 사랑한다고 말해주는 이 아이를
위해 나는 내 모든 것을 내어주고 나를 기꺼이 변화시킬 수
있을 것만 같았다. 애착은 상호관계였다. 내 세상이 아이의
세상이 되면서 점점 나는 사라지는 듯했다. 내 모든 시간과
에너지와 노력을 쏟아붓고 싶으면서도 동시에 그렇게 하기가
싫었다. 이전에 내가 들이는 나의 노력과 시간은 온전히 내가
되는 과정이었다. 공부를 하는 만큼 일을 하는 만큼 나는
변했고 성장한다 느꼈으며, 그 성과는 오롯이 내 것이었다.
그러나 내가 아이의 세계에 가까이 갈수록 나의 세계는
희미해지고 점차 나의 사회적 정체성은 사라지는 것 같았다.
일을 다시 시작하자 감정은 더 복잡해졌다. 예민하게 아이의
감정을 읽고 알아차리며 적절하게 대응하는 일은 사랑보다
나의 에너지를 필요로 했다. 일을 마친 후 아이와 사랑스럽게
눈을 맞추기 위해서는 일에 에너지를 전부 소진해버리면 안

김
연화

153

되었고, 아무리 급박한 일이더라도 밤샐 수 없었다. 더 이상 벼락치기는 불가능했고, 나는 언제나 아이에게 사용할 시간과 에너지를 아껴두어야 했다.

집의 돌봄과 실험실의 돌봄

아이를 돌보는 데에는 정말 품이 많이 들었다. "고맙게도(많은 분이 내게 남편에게 고마워해야 한다고 했다.)" 남편은 가사와 육아를 나와 함께했다. 아이 이유식부터 세심하게 챙기더니 이제는 아침에 아이를 깨우고 간단하게 식사를 챙겨 먹인 후 등원까지 시킨다. 퇴근길에 아이 하원을 하고 돌아와서는 식사 준비뿐 아니라 설거지도 하고, 아이와 놀아주다 씻겨서 잘 준비도 시킨다. 최근에는 남편이 내게 육아와 가사를 모두 본인이 하는 것 같다고 말하기도 했다. 실제로 이제 남편은 세심하게 아이의 컨디션을 잘 파악한다. 고마운 남편. 대신 나는 남편이 다양하게 식사 준비를 할 수 있도록 냉장고를 신선한 식재료로 채우기 위해 마트 앱으로 주문을 하고, 아토피가 있는 아이 피부에 좋은 샴푸와 세정제, 로션을 검색한 후 리뷰를 확인해서 주문하며, 아이 나이에 맞게 식습관을 바르게 잡아줄 식기들을 구입했다. 식기세척기용 세제부터,

국의 맛을 낼 육수포, 염도 낮은 간장, 너무 단맛이 나지 않는 천연감미료 등을 구입하는 것도 나였고 계절에 맞으면서도 아이의 귀여움을 발산할 수 있는, 그러면서도 활동하기에 편한 옷과 신발을 때에 맞춰 사두고, 아이 발달에 맞게 아이와 놀아줄 아빠의 취향까지 고려한 아이 장난감과 책을 구매하고, 성장에 필요한 영양제를 찾아보고, 추울 때 쓸 수 있는 모자나 햇볕이 따가울 때 입을 수 있는 얇은 가디건을 준비하는 것도 나였다. 주기적으로 침대보를 빨고, 욕실 청소를 하고, 세탁기 틈에 쌓인 먼지를 닦고 청소기를 분해해서 닦아내는 일도 내가 하고 있었다. 사실 이렇게 늘어놓기에도 너무 자잘한 육아를 위한 돌봄, 집안일을 위한 돌봄을 하는 데에도 시간과 에너지가 너무 많이 필요했다. 남편과 나, 두 사람이 적지 않은 시간과 에너지를 붓고 있는데도 늘 모자라는 것 같았고, 둘 다 지쳐버리기 일쑤였다.

그리고 이것은 실험실과 집의 돌봄이 갖는 유사점과 차이점을 보여준다. 연구나 아이 모두 애착이라는 전제 위에 진행되는 자잘하게 보이지 않는 작업이라는 점에서는 유사하지만, 실험실의 돌봄이 실험실이라는 공적 공간에서 진행된다는 이유로 하찮을지언정 노동으로 대우받는다는 점에서 집의 돌봄과 차이가 있었다. 그리고 실험실의 좋은 돌봄이 좋은 실험결과로 돌아와 과학자로 인정받을 수 있게 해주는 반면, 가정이라는 사적 영역에서의 돌봄은

김
연화

경제적으로도 사회적으로도 인정받기 어려웠다. 대학원 신입생이 실험실의 돌봄 노동을 잘 수행하지 못하는 건 당연하게 받아들여져 앞으로 차차 배워가면 되었지만, 가사와 육아는 주부이고 엄마로서 처음부터 잘해야 하는 일이었다. 그렇기에 가정에서의 돌봄 노동은 시간과 노력을 들여 전문가가 되더라도 별다른 인정을 받지 못했다.

수많은 사회·경제 이론이 가정을 사회적 재생산의 공간으로 상정한다. 사회라는 공적 영역에서 생산 활동을 효율적으로 하기 위해, 임금 노동에 참여하는 인간은 가정이라는 사적 영역에서 먹고 마시고 자고 쉬며 에너지를 축적한다는 것이다. 이에 따르면 재충전의 공간을 만들어내는 데 필수적인 집의 돌봄은 비록 경제적인 보상이 뒤따르지 않지만 분명히 사회적인 역할을 수행하는 활동이었다. 게다가 아이는 사회의 구성원이자 국가의 미래라고 말하는 이도 있지 않은가. 그럼에도 가정 내 돌봄은 여전히 사적인 것으로 치부되고 그 전문성을 인정받지 못한다. 이러한 문제의식은 다시 실험실의 돌봄을 보는 나의 눈을 변화시켰다. 이제 나의 작업이 나아가야 할 방향이 좀 더 구체적으로 잡혔다. 실험실에서의 실천을 돌봄이라는 렌즈로 보면서 세심하게 길러지는 돌보는 몸을 전문성과 만나게 하기. 결혼하고 아이를 키우며 내게 주어진 돌봄 역할은 연구자로서의 나의 정체성에 영향을 주었다.

과학에 대해 이야기하는 많은 연구가 겉으로 완벽해 보이는 과학 활동이 사실은 땜질하는 방식으로 진행된다는 점을 짚어낸다. 과학자들은 실험을 수행하면서 수많은 비인간 물질과 관계를 형성하고 과학적 지식을 생산한다. 그 과정이 결코 순탄할 수는 없다. 계획대로 실험이 진행되는 경우도 없다. 당장 실험을 해야 하는데 부품이 망가졌을 때, 시료가 없을 때, 가능한 것들을 찾아서 임기응변으로라도 결과를 얻어내야 할 때가 생긴다. 평소 무탈하던 실험이 되지 않을 때면 다시 여러 조건을 바꾸어가면서 해본다. 간혹 그 과정에서 새로운 걸 발견하기도 한다. 계획대로 완벽하게 진행되지 않더라도 괜찮다. 그게 과학에서 얻을 수 있는 교훈이다. 그렇다면 나의 돌봄도 적절히 타협하면서 해나가도 괜찮지 않을까. 돌봄을 사랑의 노동이라고 부르지만, 내가 그 노동에 조금 부족하더라도 사랑에는 변함이 없으니까 말이다.

김연화

포항공과대학교 화학과를 졸업하고 동 대학원에서 석사학위를 받았다. 대학원 과정 동안 생긴 실험실에 대한 애증을 풀어보기 위해 서울대학교 과학사 및 과학철학 협동과정에 진학해 '실험실 연구'로 두 번째 석사학위를 받았다. 대기업 연구원, 국가 과학기술정책 전문가로 근무하기도 했고, 결혼과 출산으로 경력단절이라는 이름표를 달기도 했다. 잠시 육아와 병행할 수 있는 일을 찾았으나, 일과 가족 사이에서 번민하지 않으려면 아이와 함께하는 소중한 시간이 줄어도 괜찮을 정도로 진심이어야 일을 할 수 있다는 걸 깨달았다. 이에 2022년 서울대학교 과학학과에서 박사과정을 시작했다.

독립 연구자를 표방하지만 삶과 얽혀버린 연구를 논문에 담는 것에 한계를 느끼며 다른 형태로도 보여주려고 한다. 『겸손한 목격자들』, 『Ramenology』를 함께 썼고, '실험실 고고학자'라는 이름으로 종종 매체에 글을 싣는다.

김
은화

지옥에서 온 페미니스트가
평범한 한국 남자를
만났을 때

편집자,
구술생애사
작가

그 여자네 집

"나는 절대 결혼 안 할 거야. 아빠 같은 사람 만날까 봐 무서워."

열여덟, 아버지와 헤어지던 날 나는 그렇게 말했다. 이혼
도장을 찍고 짐을 정리하기 위해 들른 집에서 그는 해가
저물도록 나갈 기미를 보이지 않았다. 우리는 결국 경찰을
불렀다. 마지못해 신발 끈을 묶는 아버지의 등 뒤에 대고
나는 악을 쓰며 소리쳤다. 미련 갖지 말고 다시는 우리를 찾지
말라며 정떨어지는 말만 골라서 비수를 내리꽂았다.
오래도록 마음속에 품어온 말들이 분수처럼 솟구쳤다. 모두
진심이었다.

누가 가족을 '재난'이라고 했던가. 아버지는 내게

'재앙'이었다. 그가 경마장에 가서 돈을 날리고 온 주말 저녁이면 엄마, 오빠, 나는 각자의 공간에서 숨을 죽였다. 어떤 이유로 불호령이 떨어지고 손이 날아올지 몰랐다. 가장으로서의 능력은 전혀 없으나 가장으로서의 권력은 무소불위로 휘둘렀던 그는 가족에게 손쉽게 폭력을 행사했다. 어린 시절부터 그는 내게 보호자가 아닌 가해자로 각인되었다. 그리고 어머니는 피해자로 보였다. 자식이라는 인질에 묶여 어디로도 갈 수 없었던 그녀는 열심히 일했다. 돈을 벌고, 자식을 키우고, 시부모를 모시던 그녀는 어느 날 장성한 자식들과 함께 남편으로부터 탈출했다. 도피한 곳도 안전하지는 않았다. 아버지의 폭력만큼이나 가난은 그 자체로 생존을 위협했다. 나는 얼른 성공하고 싶었다. 아무도 우리를 건드리지 못할 정도로 높은 곳에 올라가서 튼튼한 성을 쌓고 싶었다. 언젠가 아버지가 와서 문을 두드린대도 꿈쩍도 하지 않을 성을.

대학에서 만난 페미니즘은 성을 쌓는 데 논리적인 토대가 되어주었다. 내 경험을 해석할 언어를 갖자, 인륜이니 천륜이니 하는 굴레에서 조금은 놓여날 수 있었다. 아버지를 향한 분노는 곧 가부장적인 사회로 향했다. 나는 기자가 되어 비틀린 사회와 싸우기로 마음먹었다.(성공해서 성을 쌓겠다더니?)

그 남자네 집

남편은 비 내리는 날, 분식집에서 사온 수제비 맛에 감탄하며 어린 날을 떠올렸다. 아버지가 밀가루 반죽을 해서 밀대로 얇게 밀어주면, 두 형제는 고사리손으로 그 반죽을 요리조리 뜯어다 엄마가 끓여둔 육수에 퐁당 빠트리곤 했단다. 재밌기도 하고 맛있기도 했다는 그 추억의 맛이 떠오른다나. 남편의 아버지는 그 세대의 어르신으로서는 드물게 가정적인 사람이다. 관광버스 기사로 일하며 쉬는 날에는 아이들을 위해 탕수육 같은 특선 요리를 뚝딱 만들곤 했다. 그럼에도 대부분의 집안일은 전업주부였던 어머니의 몫이었다. 제 몫을 다하는 아버지와 어머니로 이뤄진 '정상가족'의 안온함 속에서 두 아들은 별 탈 없이 자랐다.

둘째 아들은 공대를 졸업한 후 한 회사에 취직해 10년째 일한다. 담배도 술도 즐기지 않는 그의 유일한 취미는 게임이다. 일요일에 게임하느라 연락이 안 되는 것만 빼면, 그는 예측 가능하고 성실한 사람이다. 우리는 소개팅으로 만났다. 여자 사람을 친구·동료·연인으로 사귀어보지 않은 그는, 나에게만 열리는 문이었다. 이 성실한 남자의 출구 없는 애정 공세에 나는 아버지에게 했던 맹세를 저버리기로 했다. 사실 뒤엎는 건 아니다. 나의 아버지와 정반대인 사람이었으므로 한번 결혼을 해보자 싶었던 것이다. 살아보고 아니면 헤어지면 된다는

김
은화

마음도 있었다. 이혼이 번거롭기는 해도 불가능하지 않다는
것을 나는 이미 목격했으므로.

두 개의 전쟁

인간은 모방을 통해 배운다. 오래도록 보아온 것은 내 몸에
아로새겨졌다가 필요한 순간에 반사적으로 튀어나온다. 결혼
후 우리는 보고 배운 대로 행했다. 일을 마치고 돌아온 그는
쉬다가 내가 차려준 밥을 먹었다. 자신의 아버지가 그러했듯이.
평일 저녁에 이따금 설거지를 하고 주말에 청소기를 밀며 자기
할 일은 다했다고 믿었다. 시간이 여전히 차고 넘치는지 게임을
실컷 하다가 잠들었다.
　나는 좀처럼 내 시간을 갖지 못했다. 평일에는
퇴근하자마자 한 상을 차려내고 나면 씻을 기운조차 남아
있지 않았다. 그래도 기를 쓰고 일어나 내일을 위해 도시락을
쌌다. 주말은 더 바빴다. 장 보고 반찬하고 빨래하고 나면
출판사에서 싸들고 온 교정지를 꺼낼 틈도 없었다. 어느덧 나의
하루는 어머니의 일상을 닮아가고 있었다.
　대학에서 배운 페미니즘이 실생활에서는 무용지물이었다.
책 속 지식보다 보고 배운 것의 힘은 훨씬 강력했다. 내 몸은
알아서 일하고 있는데, 그의 몸은 알아서 쉬고 있었다. 싸움

끝에 그의 입에서 나오는 말은 대개 이러했다. "그러니까 혼자 일하지 말고 나를 시키라니까." 하지만 시키기도 노동이다. 무엇이 필요한지 전체를 살피며 시키는 일이 왜 애초에 내 몫이어야 하는지 의문이 들었다.

살림은 돌봄과 닮아 있다. 하나의 생명체처럼 시시각각 변하는 집은 자신에게 무엇이 필요한지 말할 수 없는 환자와 같아서, 관찰하는 이가 움직이는 만큼만 케어(care)받을 수 있다. 그러니 집에 관심을 갖는 사람은 할 일이 산더미처럼 많다고 여길 수 있지만, 집에 관심이 없는 사람은 할 일이 아예 없다고 생각할 수 있다. 가사 노동을 지시하기 힘든 이유가 여기에 있다. 구체적인 방법을 알려주려면 이 일을 해야 하는 이유부터 설명해주고 시연까지 해보여야 한다. 당연히 이 과정에는 품이 더 든다.('앓느니 죽지.'라는 말이 괜히 나온 게 아니다.)

같은 이유로 살림을 못하는 사람은 돌봄도 못한다. 그리하여 남편은 내가 아플 때도 그다지 도움이 되지 않았다. 필요한 것을 미리 말해주지 않았다는 게 그의 항변인데, 그 말이 내 귀에는 애초에 나한테 관심이 없다는 의미로 들려서 무척 서운했다.(자기는 안 아파봤나? 필요한 게 뭔지 왜 몰라?) 공간을 보살피는 것, 타인을 돌보는 것, 즉 말하지 않는 대상(사람)의 욕구를 짐작해 대비하는 것은 '배려' 혹은 '센스'라는 단어로 여성에게 부과되어온 감정 노동이다. 남편은 지금껏 이러한 종류의 노동을 전혀 해보지 않았던 것이다. 이 사람에게 집안일을 시키려면 그 전에 집을 관찰하는 법부터 가르쳐야 하는데, 평일에 출퇴근만 세 시간이 걸리는 나 같은 직장인에게는 그럴 여력이 남아 있지 않았다. 그렇다고 황금 같은 주말에 가사 노동을 놓고 싸우고 싶지도 않았다. 나는 사랑받고 싶었다. 그에게 받는 사랑을 잃기 싫어서, 내가 조금 더 움직이면 되는 쪽을 택했다. 그러다 참을 수 없는 지경에 이르면 불만이 화산처럼 폭발했다. 간헐적인 분노로 그를 바꾸기에는 역부족이었다.

  1년 뒤 다니던 출판사를 퇴사했다.(그리고 신혼 기간도 끝났다.) 얼마간 휴식을 통해 기운을 차린 나는 본격적인 전쟁을 시작했다. 나는 그간 묵혀둔 불만을 천천히 집요하게 풀어냈다. 그도 쉽게 승복하지 않았다. 회사 다닐 때부터 지금까지 내가 맡은 집안일이 너무 많다고 지적하면, 그는 가사 노동마다 분류해서 시간별로 재보자고 맞섰다. 현재 자기가 하는 집안일도 만만치 않다는 것이다. 돌림노래처럼 지루한 싸움이 이어지던 어느 날, 그가 작정하고 하소연했다. 집에 오면 쉴 수가 없다고. 이렇게 말하면 내가 그를 연민하리라 여겼던 걸까. 페미니즘 수업에서 배운 문구가 생각났다. 베티 프리단이 쓴 『여성의 신비』에 나왔던가. 집이 쉼터라는 것은 환상이라고, 여성에게 집은 언제나 일터였다고.

  다행히 심경을 격하게 토로한 이후 남편은 조금씩 변했다.

알아서 설거지를 하고 주말에 간단한 요리 정도는 할 수 있는 수준이 되었다. 행동만큼 태도도 변했다. 어떤 가사 노동이 필요하다고 여기면 핑계 대지 않고 바로 해치워버렸다. '가사 노동=내가 할 일'이라는 인식이 생긴 것이다. 과연 그는 훌륭한 '공돌이'였다. 오류를 수정하고 명령어를 바로잡고 나니, 매번 일정한 결과물이 나왔다. 그렇게 3년쯤 지나자 집안일을 하는 비율이 3.5 대 6.5 정도가 되었다. 그는 점점 더 많은 일을 하고 있으나 아직 갈 길이 멀다.(이 사람아, 요리를 해야지. 요리를! 휴우……)

두 번째는 젠더 이슈를 둘러싼 전쟁이었다. 우리는 2015년에 결혼했다. 강남역 10번 출구 살인사건이 벌어지기 전이다. 그래서 서로의 인식 차이를 미처 확인할 새가 없었다. 강남역 살인사건 뉴스를 보자마자 나는 말했다. "여자라서 죽었다." 남편은 말했다. "정신병자가 벌인 일이네." 우리 사이에는 수많은 말이 오갔고 그럴수록 서로에게서 더 멀어졌다. 그즈음 SNS에는 강남역 살인사건에 대해 남자친구와 얘기하다가 헤어졌다는 경험담이 속속 올라왔다. 나는 그런 선택을 할 수 있는 이들이 내심 부러웠다.

나는 '메갈리아'도 자주 입에 올렸다. 인터넷상에 만연한 여성혐오 논리를 남성으로 대상만 바꿔서 되돌려주는 미러링 전략은 여성들에게 통쾌한 승리감을 안겼다. 나는 미러링에 긍정적인 기능이 있다고 믿었고, 남편은 미러링의 의도보다

김
은화

표현 그 자체를 우려하면서 '극단적인' 페미니즘을 경계해야
한다고 봤다.

"민우회도 메갈이라며?" 게임 커뮤니티를 자주 드나들던
남편이 이 말을 했을 때 내 귀를 의심했다. 나는 민우회의
오랜 회원이다. 내가 화가 난 이유를 말로 충분히 설명할
자신이 없어서 관련 내용을 상세히 다룬 《시사인》 기사
링크를 남편에게 보냈다. 화답으로 게시판에서 떠도는 글이
돌아왔다. '민우회가 메갈인 게 확실한 이유'라는 제목의 글로,
민우회, 메갈리아, 페미니스트를 한데 엮어 조롱하고 모욕하는
내용이었다. 이성의 실이 툭 끊어졌다. 나는 괴로움에 태아처럼
몸을 웅크리고 짐승 소리를 내며 울부짖었다.

"내가 민우회 회원이고 페미니스트인데 내 정체성을
비하하는 쓰레기를 나더러 읽으라고 보내? 나는 너한테
《시사인》 기사를 보내줬는데, 너는 《***》 게시판 글을 나한테
보내? 으아아, 더 이상 못 참아!"

새벽 3시, 나는 캐리어를 가져와 짐을 싸기 시작했다.
격노하는 나를 두고 남편은 '내가 뭘 그렇게 잘못했나?' 하는
억울한 표정이었다. 남편은 나를 말리고 자책하다가 통하지
않자 본인이 나가버렸다. 그 길로 그는 두 시간을 걷다가
들어왔다. 나는 술 한 잔을 마시고 잠든 뒤였다. 장장 여덟
시간에 걸친, 말 그대로 젠더 이슈 전쟁이었다.

이즈음 나는 SNS와 게시판의 여성혐오 사건을 열심히

팔로우했다. 남편이 하는 말에 대해 즉각적으로 반박하기 위해서다. 그러나 주간지와 책을 즐겨 읽는 나로서는 웹상의 이슈를 실시간으로 소화할 수 없었고, 뭔가 기분은 나쁜데 남편한테 대거리는 할 수 없는 상황에 처하기 일쑤였다. 나중에서야 사태를 파악하고 반박할 말들이 떠오르면 그것들을 그러모아 글을 썼다. 초등학교 5학년도 이해할 수 있도록 친절하게 쓴 글을 인터넷 언론사에 송고하면서 남편한테도 한 번씩 보여줬다. 그러면 남편은 신기하게도 고개를 끄덕였다. 화가 나서 말할 때는 한 마디도 알아듣지 못하더니, 글을 써서 보여주면 납득하는 남편을 보고 나는 생각했다. 혹시 내가 못 알아듣게 말하나?

가끔 인권 의식이 의심되는 발언을 해서 내게 곤죽이 되도록 욕을 먹던 한 여성 친구는 이렇게 말했다. "나는 재미로 던진 말인데 너가 죽일 듯이 물어뜯으면 무섭더라. 코너에 몰리면 더 이상한 소리를 하고 말실수하게 돼. 잘못된 걸 알려주는 건 좋지. 내가 어디 가서 그런 이야기를 듣겠냐. 근데 화 좀 내지 마. 나도 너한테 잘못 걸리면 심장이 덜컥 내려앉는다고. 네 남편도 어디 나쁜 사람이어서 그랬겠냐. 그냥 뭣 모르고 한 말이겠지."

사실 남편이 '빨은' 소리를 할 때 한 명의 인간으로 보이지 않는 경우가 많았음을 고백한다. 폭력적인 아버지, 적군인지 아군인지 헷갈리던 친오빠, 사회에서 미묘하게 성차별을

김
은화

169

일삼던 직장 남성 동료, 온라인상에서 백래시를 펼치는 남성에 대한 적개심이 한데 포개져 남편에게 향할 때가 있었다. '오호라, 너도 그쪽 편이구나? 그럼 한번 매운맛 좀 봐라.' 하면서 지금껏 신문과 책에서 읽은 모든 논리를 그러모아 남편을 공격하는 것이다. 사회학을 전공하고 기자 시험 준비를 오랫동안 했던 나를, 공대생 남편은 말싸움으로 당해낼 재간이 없다. 그가 한 마디 하면 하지도 않은 백 마디 말들이 자동완성 기능으로 채워져 나는 전의가 불타오르곤 했다. 언젠가 그는 이런 말을 하기에 이르렀다. "너는 신문에서 접하는 타인의 선의는 믿으면서, 왜 나의 선의는 믿어주지 않아? 내가 그렇게 나쁜 사람으로 보여?" 정신이 퍼뜩 들었다. 나는 누구를 상대로 이렇게 화내고 있는 거지?

내 눈앞에 유일무이한 존재가 서 있음을 기억하려 한다. 여성혐오로 점철된 2030 남성의 대명사가 서 있는 게 아니다. 그는 저 먼 데서 온 사람이다. 페미니스트를 사랑한다는 이유로, 평생 들어보지 못한 비난을 폭포수처럼 듣고 깨져가며 부단히 몸과 머리로 변화하려 애쓰고 있는 사람이다. 그는 지금도 종종 성차별적인 발언을 한다. 인풋이 잘못되었기에 오염된 아웃풋을 내놓는 것이다. 나는 그 결괏값을 수정하려 애쓴다. 다행히 그는 버그 수정에 재능이 있다. 발전 가능성이 있고 개선 의지가 있다는 것만으로도 얼마나 다행인가! 내가 오래전 했던 말이 어느 날 그의 입에서 흘러나올 때가 있다.

그럼 나는 헬렌 켈러를 가르친 설리번 선생님의 심정이 되어
눈물이 그렁그렁해지지만 결코 내색하지 않는다. 겨우 이런
걸로 생색내는 꼴은 또 보기 싫으니까! 하지만 그의 느린
걸음을 보고 있노라면 사랑이 무엇인지 조금은 알 것도 같다.
물론 속에서 천불이 날 때가 더 많지만.

내가 온몸의 무게를 실어
기댈 수 있는 유일한 사람

여기까지 읽고 고개를 갸웃거릴 독자도 있을 것이다.
'이렇게까지 싸우면서 여태 같이 사는 이유가 뭘까, 깔끔하게
이혼하는 게 글쓴이의 정신건강에 이롭지 않을까?' 하는
의문이 들 수 있다. 그러나 지금까지 한 이야기는 우리 관계의
빙산의 일각에 불과하다. 그는 내가 온몸의 무게를 실어 기댈
수 있는 유일한 사람이다. 그리하여 삶을 살고 싶게 하는
사람이다.
　　본디 나는 이런 단어를 좋아했다.

　　독립(獨立): 다른 것에 예속하거나 의존하지 아니하는 상태로 됨.
　　자존(自存): 자기 힘으로 생존함.

김
은화　　　　　　　　　　　　　　　　　　　　　171

나는 운 좋게도 암기력을 타고난 덕에 공부한 만큼 시험 성적이 곧잘 나왔다. 그래서 노력하면 목표한 바를 모두 이룰 거라 믿었다. 명문대를 졸업하고, 이름만 들어도 다 아는 직장에 들어가서, 부와 명예를 한 손에 거머쥔 멋진 커리어우먼이 될 줄 알았다. 강인한 체력과 정신력을 바탕으로 빈틈없이 일을 해내서 누구에게도 머리를 조아릴 필요가 없는 사람이 되어, 어머니의 바람막이가 되어주고 싶었다. 원가족 안에서 나는 기댈 데가 없었으므로 스스로 강해져서 살아남고자 했다.

그렇게 10년을 달렸다. 홀로 죽을힘을 다해 살다 보니 차라리 죽는 게 낫겠다 싶은 순간이 종종 찾아왔다. 능력을 보이고 증명하는 일은 끝이 없어서, 잠깐의 성취감 뒤에는 항구적인 불안이 뒤따랐다. 이른 나이부터 내 몫 이상을 하려 뛰어다닌 탓에 나는 30대도 되기 전에 지쳐버렸다. 생은 뜻대로 굴러가지 않았다. 나는 종이인형처럼 나약한 사람이었다. 체력은 형편없었고 작은 비난에도 휘청였다. 회사에서 나는 이런저런 실수를 해 머리를 조아리고 다녔다. 독립과 자존은커녕 민폐를 끼치지나 않으면 다행이었다. 그런 자신을 받아들일 수 없어서 스스로를 끝까지 밀어붙였다. 탁월하지 않으면 살아남을 수도, 사랑받을 수도 없다는 절박함에 일에 필사적으로 매달렸다.

남편과 함께 있을 때 나는 비로소 쉴 수 있었다. 그가 내게 바라는 것은 오직 하나다. 마음 편히 하루를 보내는 것.

내가 퇴사 후 프리랜서 선언을 했을 때, 그는 그저 알았다며
내 결정을 묵묵히 따라주었다. 직장 생활을 할 때보다 수입이
현저히 줄어 미안해하는 내게, 그는 괜찮다고 네가 행복하면
그걸로 되었다고 말했다. 아이도 없고 아픈 것도 아닌데 한
사람 몫의 경제활동을 다하지 않아도 된다니, 도대체 왜? 내가
여자이고 자기가 남자라서 그런 거라면 기분 나쁜데…… 흠,
그렇다면 이게 사랑인가? 남편의 말을 믿기 어려워서 수입이
적은 달이면 나는 여전히 눈치를 살핀다. 그러면서도 슬금슬금
의존하고 싶은 마음을 숨길 수 없다.

    의존(依存): 다른 것에 의지하여 존재함.

의존은 매력적인 동시에 두려운 선택지다. 지나치게 믿고
의지했다가 훗날 절실한 순간에 곁에 없으면 어떻게 살아야
하나. 하지만 등받이가 있는 의자에 장시간 꼿꼿이 앉아 있기란
어려운 법이다. 말랑하고 보드라운 등 쿠션 같은 그는 존재감
하나로, 내가 나 자신을 위한 작업을 하도록 뒷받침해준다.
타인에게 인정받기 위한 일이 아닌 나를 위한 일.
    그 힘으로 나는 내 출판사에서 첫 책을 낼 수 있었다.
『나는 엄마가 먹여 살렸는데』를 편집할 때의 일이다. 엄마가
살아온 나날을 인터뷰하는 구술생애사 작업을 하면서 나는
자주 악몽에 시달렸다. 이 책을 내면 아버지가 찾아와 우리

김
은화   173

모녀를 해코지할까 봐 두려웠다. 낮에는 중압감에 시달렸다. 잘해야 한다는 생각에 하나하나 결정하고 앞으로 내딛는 과정이 버거웠다. 무언가에 항상 쫓기던 나는 새벽마다 소리를 지르며 깨어나곤 했다. 식은땀을 흘리는 나를 남편은 가만히 안고서 도닥였다. "괜찮아. 걱정하지 마. 다 잘될 거야." 나보다 체온이 0.5도 높은 그의 뜨끈한 몸뚱이에 안겨, 무용한 위로의 말을 듣고 있노라면 긴장이 풀려 스르르 잠이 들었다. 나의 꿈, 불안, 두려움, 외로움……. 그는 내 곁에서 이 모든 것을 목격하고 듣는다. 난생처음 가져보는 믿음직한 보호자 앞에서 나는 의지하며 사는 법을 배우고 있다.

앞서 이야기했듯이 한때 나는 누구의 도움도 필요 없는 능력 있고 강인한 여성이 되고 싶었다. 지금 나는 누군가에게 의존하지 않고서는 한 발도 앞으로 나아갈 수 없음을 안다. 나이가 들어갈수록 더 그럴 것이다. 아니, 태어날 때부터 그랬다. 우리는 기대서 살아가는 인간(人間)이니까. 남편과의 관계에서 의존의 욕구를 인정하고 채워가며 생각했다. 이제 우리는 아이를 가져도 되겠구나, 내가 의지해서 살아봤으니 나를 의지하고 살아갈 존재를 이 세상에 데려와도 되겠다 싶었다. 그렇게 나는 엄마가 되기로 결심했다.

세 번째 전쟁

출산 후 집으로 돌아왔다. 그리고 세 번째 전쟁이 시작됐다.
배에 품고서 열 달, 병원에서 1주, 조리원에서 2주를 아이와
함께 보내고 돌아온 나, 그리고 정자 제공만 했을 뿐인데 어느
날 인간의 형상이 되어온 생명체를 대하는 남편의 태도는
확연히 달랐다. 나의 우선순위는 아이로 바뀌었다. 저 높은
천상계에 아이가 있고, 그 신을 떠받는 인간이 나고, 남편은
그런 나에게 반드시 협조해야 하는 무수리 정도? 남편에게는
여전히 자신의 안위가 1순위였다. 퇴근 후와 주말을 할애해
육아에 동참했지만 어디까지나 수동적으로 시키는 일을 할
뿐이었다. 내가 애써 좋은 말로 한 주문은 먹히지 않았다. 또
그렇게 제3차 대전이 일어났고…….

이번에도 남편의 완패였다. 큰 싸움을 하고 난 다음날은
여지없이 자책했다. 정기적으로 상담을 받고 있는 정신과
의사에게 물었다. "자신을 애 아빠로서 존중해달라, 나도
밖에 나가서 돈 벌면서 최선을 다하고 있다는 말을 어떻게
받아들여야 할까요? 백번 양보해도 돈 번다고 유세한다는
말로밖에 안 들리는데요." 의사는 '존중'이라는 단어를 집어
들었다. 겉으로 드러난 표현을 보지 말고, 존중이라는 욕구에
주목해보자는 것이다. 존중이라……. 내가 그를 무시한다고
느꼈던 걸까? 나는 이미 고생했다, 수고했다는 말을 입에

김
은화

달고 사는데도? 의사는 고맙다는 말을 덧붙여보라고 권했다.
우리가 함께 아이를 돌보는 파트너로서 이런저런 노력을
기울여줘서 고맙다는 말을 해주면, 그도 동등한 관계에서
존중받는다고 느낄 것이라는 말이다. 과연 효과는 엄청났다.
30일이 된 신생아 앞에서 자기를 존중해달라고 울컥하던
초보 아빠는 오간 데 없고, 내 옆에는 든든한 육아 파트너이자
동반자가 남았다.

　이 글을 쓰는 지금, 나는 작업실에 나와 있다. 6개월 된
아이는 남편이 육아휴직을 쓰고 돌보는 중이다. 마감 기한에
맞춰 원고를 완성할 수 있을지 걱정하는 나를 배웅하며 그는
아이 걱정하지 말고 늦어도 괜찮으니 쓰고 싶을 때까지 쓰고
오라며 응원해주었다. 고맙고 미안한 마음으로, 두 시간
더 일하다가 퇴근했다. 그런데 가서 보니 그는 저녁 9시가
다 되도록 밥을 먹지 않은 채 나를 기다리고 있었다. 아니,
정확히는 내가 차려주는 밥을 기다리고 있었다. 이건 병
주고 약 주는 게 아니라, 약 주고 병을 주네? 참자, 참자…….
오늘은 고마워할 거리가 뭐가 있었지? 상대방을 존중해야지.
휴우……. 오늘도 나는 돌봄 노동, 임금 노동, 가사 노동
사이에서 외줄타기를 하며 아슬아슬 균형을 맞추고 있다.

　나와 남편이 함께 사는 한 전쟁은 결코 끝나지 않을
것이다. 가부장적인 한국사회에서 이성애자 남성으로 살아온
그는, 소수자성을 경험해본 적도, 공부한 적도 없다. 그런

그에게 여성이 겪는 성차별 경험을 이해시키기란 얼마나
어려운 일인지, 평생 가족을 위해 밥 한번 지어본 적 없는
사람에게 가사 노동을 체화시키기란 얼마나 힘든 일인지, 자기
욕구를 우선시하고 감정 노동을 좀처럼 하지 않는 사람에게
돌봄을 가르치기란 얼마나 지난한 과정인지 모른다. 남편을
상대로 싸워온 지난날을 떠올리면 나에게 강사로서 급여를
주고 싶다. 누군들 남편을 상대로 지옥에서 온 페미니스트가
되고 싶겠냐마는, 함께하는 동안에는 기꺼이 카운터파트너가
되어주련다. 그게 내가 사랑하는 방식이다.

　사람은 고쳐 쓰는 게 아니라는 말에 동의하지 않는다.
우리는 모두 불완전한 인간이다. 그리고 나는 불완전한
페미니스트다. 배움이 부족해 내가 가진 기득권이 무엇인지
모르고, 나 역시 어딘가에서는 '빻은' 소리를 할 수도 있다.
그럴 때 누군가가 나를 소리 소문 없이 배제하지 않고, 싸움을
각오하고서라도 따끔하게 일러주면 좋겠다. 그것이 얼굴을
맞대고 관계를 쌓아가는 시민의 책무라고 생각한다. 본디
태생적으로 화가 많은 나는, 길거리에서 만난 할아버지한테도
소리를 지르고(쓰레기 무단투기 현장을 목격했다!), 수영장
샤워실에서 텃세 부리는 할머니와도 빨가벗고 싸운다.(공용
샤워부스를 사유화하셨다. 부들부들.) 이게 다 세상에 대한 애정이
많아서다. 생판 모르는 남하고도 싸우는데 사랑하는 남편하고
못 싸울 이유가 무엇인가. 다만 다음번에는 좀 더 나은

김
은화

방식으로 싸우고 싶다.

에필로그:
의존과 믿음의 상관관계

나를 믿지 못하고 자책하던 시간을 떠올려본다. 여태껏 내가
이룬 것들이 보잘것없어서 자신을 믿지 못하는 줄 알았다.
그래서 나는 더 높은 허들을 더 많이 뛰어넘으려 했다. 목표에
깃발을 꽂으면 그때뿐, 또다시 나를 증명해야 하는 시시포스의
굴레로 떨어졌다. 엄마를 향해 자신의 욕구를 있는 그대로 다
드러내며 울고 웃는 아이를 보며 생각한다. 얘는 뭘 보고 나를
이토록 믿어주는 걸까. 타인의 돌봄 없이는 단 하루도 생존할 수
없는 무력한 아이는 온몸을 다해 보호자에게 의존한다. 나를
한 치도 의심하지 않는 아이와 눈을 맞추며, 나 자신을 증명해야
한다는 강박에서 벗어나는 중이다. 자신에 대한 믿음은 절로
생겨나는 게 아니다. 그것은 외부에서 주어지는 자원이다. 누가
나를 이유 없이 전적으로 믿어줄 때, 나도 나를 그렇게 바라볼
수 있다. 그러니까 믿음은 성과에 기반한 후불제가 아니라,
근거 없는 선불제였던 것이다. 햇빛만 봐도 씽긋 웃는 아가를
보며 생각한다. 더 이상 무엇이 되느냐는 중요하지 않다. 주어진
오늘을 있는 힘껏 살아내는 생의 감각만이 남았을 뿐.

김은화

딸세포 출판사 대표, 작가, 마감 노동자. 세포가 분열할 때 세포를 '모세포', 새로 생긴 세포를 '딸세포'라고 한다. 인간의 기본값을 남성으로 삼는 세계에서 보기 드문 귀한 단어를 출판사 이름으로 얻어와 엄마의 생애구술사를 엮어 『나는 엄마가 먹여 살렸는데』를 출간했다. 딸로서 엄마의 생을 파고들었던 내가, 이제는 엄마가 되기까지의 경험을 글로 풀어놓는다. 너무 싫고, 너무 좋고, 너무 그립고, 너무 꼴 보기 싫고, 너무 이상한 엄마에 대한 모든 이야기를 사랑한다. 《시사인》 장일호 기자가 '모녀 사회학'으로 명명해준 이 장르를 죽을 때까지 파보고 싶다. 함께 쓴 책으로 『이번 생은 망원시장』, 『일요 개그 연구회』가 있다.

instagram @daughter_cell

김
잔디

아이와 함께
성장한다는 말의
진짜 의미

키보디스트,
정신건강간호사

엄마, 키보디스트, 대학원생,
정신건강간호사…

너를 업고 동네 길을 걷는다
너는 잠깐 잠이 들었나 하고
돌아보면
한 바퀴 도는 사이에

너는 다 큰 아이가 되었네
달콤했던 꿈은 어디로 갔나
발이 땅에 닿지 않은 채
꿈나라를 건너가는 너

어떤 것도 너를 막지 못하지
나는 바람이 되어 너를 날려보낼게
너를 업고 동네 길을 걷는다
나도 잠깐 잠이 들었나

나는 다 큰 아이가 되었네
포근했던 등은 어디로 갔나
발이 땅에 닿지 않은 채
꿈나라를 건너가는 너

— 브로콜리너마저, 「너를 업고」 중에서

2022년에 발표한 밴드 '브로콜리너마저'의 신곡 「너를 업고」는 아이를 키우며 경험한 일들을 바탕으로 탄생한 노래입니다. 덕원 오빠(윤덕원)가 다소 앙상한 기타와 노래를 들려줬을 때 흔치 않게 눈물을 흘렸던 기억이 납니다. 혼자만의 눈물이 아니었던 것으로 보아(같이 듣던 밴드 동료도 울었습니다.) 적지 않은 이들이 사실은 돌봄 속에서 서로에게 괜찮은 사람으로 성장해왔다는 데 공감한 것이 아닌가 싶습니다. 관심과 사랑, 돌봄이 선순환되는 구조는 한 사람만이 아닌 그를 둘러싼 많은 유기체가 복잡하게 얽혀서 도움을 주어야 가능한 일이겠지요.

　저는 열 살 아들과 여덟 살 딸을 키우고 있는 엄마이자,

브로콜리너마저의 건반주자이자, 대학원에서 정신건강간호학
박사과정을 마무리하고 있는 학생이자, 정신건강간호사입니다.
대학원생은 사실 그 자체로 많은 일을 해야 하는 신분입니다.
저는 간호과 학생들이 실습하는 정신과 병동에서 실습 지도를
하고, 직접 강의를 하기도 합니다. 또 지역사회 프로그램을
만들어 지역사회에서 여러 대상자(내담자)를 만나기도 하고,
연구 프로젝트에 참여하기도 하며, 짬짬이 했다고 하기에는 꽤
많은 논문 실적을 쌓아오는 등 여러 종류의 역할을 약 10년간
수행해왔지요. 또 밴드 생활을 하는 동안에도 '인디밴드'라는
수식어와는 다소 결이 맞지 않게, 민망할 정도로 많은 역할을
맡아 헤쳐왔습니다. 그러다 보니 어떻게 아이를 키우면서
그렇게 많은 책임을 다할 수 있는지에 대해 질문을 많이
받습니다.

함께 키우고, 함께 성장하는
육아 공동체

처음 아이를 키우던 시절을 떠올려봅니다. 프리랜서 아닌
프리랜서 생활을 하면서 육아에 온전히 집중할 수 있었던
1년 남짓은 돌이켜보면 참 소중했습니다.(그 이유는 돌아갈 일이
있어서임을 물론 잘 알고 있지요.) 그 시기에 서로 가까이 살면서

김
잔디

출산과 육아에 대한 가치관이 비슷한 엄마들끼리 공동체를
꾸렸습니다. 10여 년이 지난 지금까지도 제가 사랑하는 공동체
중 한 곳이지요.

　　잠시 출산 이야기를 해보고 싶네요. 간호대학을 다니던
때, 실습을 하며 유일하게 트라우마로 남았던 장면이 있습니다.
다소 폭력적이고 정돈되지 않은 환경에서 출산을 하던 입원
산모들의 모습입니다. 이후 저는 병원에서 출산하지 않겠다고
결심했고, 자연 출산을 접해 그 방식으로 아이를 낳았습니다.
제가 아이를 낳았던 당시를 떠올리면 물론 물리적인 고통은
있었지만 전체적으로 평온과 행복이 가득했다는 점에서 좋은
선택이었다고 여깁니다. 특히 둘째를 출산할 때는 '아, 이제 곧
나오겠구나, 이게 (진)진통이구나.' 분명히 알았음에도 조산사
선생님들께서 식사하시는 걸 보고 조금만 더 참아보자며
호흡하고 노래까지 흥얼거렸던 기억이 납니다. 금강산도
식후경이니까요.

다시 공동체 이야기로 돌아가 보겠습니다. 저는 2014년에 첫째
아이를 출산하고 2015년 이 모임을 알게 되었습니다. 그때
만났던 꼬물이 아기들이 이제는 어엿하게 커서 초등학교에
입학하고 동생들까지 줄줄이 생긴 걸 보니(아이가 셋인 집이 무려
구성원의 3분의 1을 차지합니다.) 양육에 있어서 서로 지지하며
힘이 되어준 집단이었음을 새삼 실감합니다. 작은아이를

키우는 동안 수없이 밀려오는 외로움을 달래가며 적지 않은 시간을 평일에도 함께했고, 주말이면 (코로나로 잠시 중단된 적도 있지만) 큰 공원에서 누구나 참여할 수 있는 아나바다를 열어 육아 용품을 나누기도 했으며, 박물관·도서관을 비롯해 각종 체험 활동도 다니고, 의미 있는 일에 돈을 모아 마음을 전하기도 했습니다. 지금도 텔레그램 채팅방과 인터넷 공간에서 스무 명 정도의 구성원이 모여 복작거리고 있습니다. 그때 함께 활동을 했던 아이들은 손이 많이 가는 시기를 다들 넘어섰지만, 셋째를 키우는 엄마들도 있어서 우리 공동체는 빙빙 돌아가는 육아 사이클 속에 여전히 머물러 있습니다.

더 중요한 것은 이 모임이 단순히 육아 공동체로 끝나지 않고 서로를 성장시키는 원동력이 되었다는 점입니다. 시간이 흐른 후 서로를 관찰해보니 우리는 단순히 일을 한다 혹은 하지 않는다로 구분할 수 없이, 주체적인 삶을 살아간다는 공통점이 있었습니다. 직장을 다니다 그만둔 엄마도 있고, 새로운 일을 찾아간 엄마도 있고, 복직해서 더 여유로운 자세로 일을 해나가는 엄마도 있습니다. 육아를 계기로 시작한 공부로 전문가가 된 엄마도 있으며, 새로운 공부에 도전하거나 용기를 내 어린 시절의 꿈을 펼치는 엄마도 있습니다. 이렇게 그들을 떠올리며 글을 쓰다 보니 더 보고 싶어집니다.

김
잔디

내 일에 집중할 수 있게 해준
공동육아

이후에는 아이들을 공동육아 어린이집에 보내 6년을
함께했어요. 첫째는 네 살부터, 두 살 어린 둘째 역시 네 살부터
공동육아를 하다 얼마 전 두 아이 모두 무사히 졸업했습니다.
비교적 긴 시간 보육하는(오전 7시 반부터 오후 7시 반까지, 총 열두
시간) 어린이집 덕에 정말 저는 마음 놓고 내 일을 할 수 있었던
것 같습니다. 공동육아 어린이집이 어떤 공간인지는 이제 여러
통로를 통해 꽤 많이 알려졌지만, 저는 당시 그곳이 단순히
아이를 양육하는 데 그치지 않고 '아이를 키우는 부모'로서의
역할과 책임까지 배울 수 있는 곳임을 확실히 느꼈습니다.
　　공동육아에는 월 1회 방모임이 열립니다. 교사와 모여서
아이, 부모에 대해 이야기를 나누는 중요한 자리이지요. 1년에
네 번 정도 교사가 휴가 갈 때는 부모들이 돌아가면서 내
아이의 교사 역할을 맡기도 합니다. 이는 각 공동체가 처한
상황마다 그 형태와 횟수가 다르지요. 교사 역할은 익숙하지
않은 일이라 좀 고됐지만 내 아이가 어떻게 지내는지 생생하게
볼 수 있고 내 아이만이 아닌, 다른 아이들과도 친해질 수
있는 기회였습니다. 어린이집 보육교사의 노동 강도가 얼마나
높은지에 대해서도 뼈저리게 실감했습니다. 이외에도 조합을
이끌고 가기 위한 '소위' 모임(교육 소위, 재정 소위, 기획 소위, 홍보

소위, 시설 소위 등)과 가장 쉽지 않았던 청소(!)까지. 쓰다 보니 정말 다양한 활동을 후회 없이 하며 조합 생활을 해온 것 같습니다.

물론 공동육아 어린이집은 벅차고 무거운 일들이 발생할 수밖에 없는 공간이기도 하지요. 저녁에 청소를 하거나 각종 모임에 참여하고, 토요일마다 열린 여러 행사장에서 사람을 만나면 에너지를 뺏기고 지칠 때도 많았습니다. 그럼에도 그곳의 먹거리와 환경, 그리고 느리지만 변화 가능성이 있는 통로라는 점 등이 제 가치관과 맞았기에 끝까지 아이를 보낼 수 있었습니다. 아이들도 어린 시절 흙에서 뛰어놀며 행복한 시간을 보낼 수 있었고요.

아이가 어렸을 때도 그렇고 지금도 저는 제 일이 바쁘다는 핑계로 육아에 대해 그리 많은 고민을 하지 않습니다. 다만 고민해야 할 때는 '어디까지 선을 그을 것인가?' 하는 문제에 집중하는 것 같아요. 엄마인 내가 주체성을 지닌 아이의 삶에 어디까지 영향을 줄 것인가는 아이가 성인이 될 때까지 대부분의 부모가 품고 있을 과제겠지요. 이런 고민을 할 수 있는 것 자체가 소중하다는 점도 알고 있어요. 그런 면에서 제가 공동육아를 선택한 것이 아이에게 어떤 의미로 남을지는 사실 잘 모르겠습니다. 다만 아이에게 행복한 순간들이 적지 않았고, 저는 온전히 그곳을 믿고 제 일에 집중할 수 있었다는 점만은 분명합니다.

김
잔디

나 자신과 현재에
집중하기

이제는 초등학생이 된 두 아이를 협동조합으로 운영되는
방과후 학교에 맡기고 있습니다. 이곳을 선택한 이유는
거창한 이념 때문이라기보다는 사실, 학기 중에는 저녁
7시까지 아이를 봐주고, 방학 때도 종일 아이를 봐준다는
점 때문입니다. 수학이나 영어 공부를 시키지 않으니 아이가
뒤처지지 않을까 불안해지는 순간, 제 삶은 그리 유쾌하지 않을
게 자명합니다. 그래서 저는 '나도 초등학생 때 놀기만 했다!'는
다소 안일한 생각으로 아이들을 그곳에 맡긴 채 그저 믿고 제
일을 합니다.(물론 첫째가 학교에서 오답으로 가득한 수학 문제집을
들고 왔을 때는 마음이 흔들리기도 하고, 아무리 아이들을 믿고 맡긴다
해도 종종 사소한 일에 평정을 잃어 아이에게 화를 내는 제 자신을 마주한
이후로는 문제집 정도는 사서 나누어주고 제대로 푸는지 확인하고
있습니다.)

아이를 키우며 자괴감이나 허무에 빠지거나, 화를
내기란 정말 쉽습니다. 항상 곁에 있는 존재가 가장 소중한
존재라는 사실을 놓치게 되는 것이지요. 언제나 제 자신을
다듬고 부모 역시 계속 성장해야 함을 느낄 수밖에 없습니다.
아이에게 이따금 화를 내는 순간을 돌아보면, 대개 제가 여유
없을 때입니다. 여유가 없는 이유는 대체로 제가 할 일들을

제대로 조율하지 못했기 때문이고요. 또 마음속에 좋고 나쁨의 잣대를 세우고 비교하며 번뇌할 때도 그렇습니다. 아이 아빠에게 직접 풀지 못한 화가 아이에게 갈 때도 있지요. 이렇듯 양육은 참 쉽지 않습니다. 올라오는 감정을 스스로 다스려야 하고, 그 불편한 감정을 당사자에게 풀지 못해 더 약한 사람에게 향하는 방어기제(전치, displacement)를 쓰고 있을 때는 이를 알아차려 건전하게 바꾸어야 하며, 줏대 있는 판단을 하기 위해서 미리 알아보고 공부해야 할 것도 많지요. 가장 핵심은 나 자신에, 현재에 집중하는 것임을 알고 있으나 언제나 실천이 어렵습니다. 그래도 정신건강간호학을 계속 공부하고 가르치는 덕분에 조금씩 성장하고 있다고 생각합니다.

아이를 키우며 드는 또 다른 고민은 부모 역할을 어떻게 조율할 것인지에 관한 것입니다. 화를 내는 순간에 드는 자괴감과 더불어 가장 힘든 부분은 비교와 피해의식입니다. 나름의 자리에서는 최선을 다하는 중임을 분명히 알면서도 '나는 이렇게 하면서도 아이들을 챙기고 있다.'는 말을 속으로 애써 삭히거나 남편에게 직접 던지기도 합니다. 같은 말이더라도 좀 더 효과적으로 전달하는 방식이 무엇인지는 잘 알고 있으나, 안타깝게도 가족은 실제 대상자(내담자)가 아니라 매번 뜻대로 행할 수가 없네요. 가족을 대상자라 생각하면 좀 더 쉬울 듯해 그렇게 마음을 먹어보기도 하지만 그것 역시 쉽지

김
잔디

않습니다. 그저 몇 가지만 지키려 노력합니다. 화가 나면 잠시 타임아웃, 나 메시지(I-message) 쓰기, 미리미리 확인하기 등의 방법을 말이지요.

요즈음은 아이들과 어떻게 해야 잘 놀 수 있을지, 어디로 같이 여행을 가면 좋을지에 대해 이야기를 많이 나눕니다. 최근 첫째와 단둘이 당일치기로 부여를 다녀왔는데 아이가 정말 좋은 여행 동반자임을 느꼈습니다. 식당에서도 메뉴를 2+1로 시킬 수 있고, 제법 대화다운 대화도 가능합니다. 박물관에서 옛 백제가 멸망하던 그 시기, 사비성의 어린 두 아이가 만났다가 흑마법사의 마법으로 헤어졌다가 상상 속에서 다시 만나, 못다 한 우정과 사랑을 나누는 내용의 다큐멘터리를 보며 눈물을 줄줄 흘리는 엄마를 이상하게 쳐다보다가도 살짝 다독여주기도 했지요. 이렇게 아이들 덕분에 또 살아갈 힘을 얻습니다.

간혹 아이를 키우며 변화한 부분이 있는지 질문을 받습니다. 물리적으로는 저녁과 주말의 개인 시간이 현저히 줄었다는 변화가 있지만 사실 제 삶은 크게 달라진 게 없습니다. 다만 내적으로는 큰 변화가 있었던 것 같습니다. 지금까지 아이를 양육하며 공부와 일을 할 때 아이가 성장하면 저도 성장한다는 점에 주안점을 두었습니다. 지난 10년과 그 전을 비교해보면 저는 확실히 스스로의 삶을 더 책임질 수 있는 존재가 되었습니다.

아이는 스스로 보석같이 빛을 발하면서 크고, 저는 그 빛을 그저 감상하고 담기에도 바쁜데 어찌 이렇게 치열하게 살아가고 있나 싶습니다. 우리는 그저 무(無)로 돌아가겠지만, 모두 각자의 허무를 메우기 위해 치열하게 이것저것 시도하고 있는 게 아닐까 생각해봅니다. 돌아보니 저에게 현재 주어진 많은 작업을 할 수 있었던 것은 제가 해나가고 있는 일과 육아 등 각 조각이 서로 조화하며 저라는 사람을 더 짜 맞추고 성장시켰기 때문임을 깨닫습니다.

아이와 함께 성장하는 엄마가 될 수 있어서 좋습니다. 아이들도 제 일을 해나가며 돌봄을 받으며 또 누군가를 보듬어줄 수 있는 존재로 성장했으면 좋겠다는 작은 바람을 굳이, 남겨봅니다.

김
잔디

김잔디

2005년부터 밴드 '브로콜리너마저'에서 건반을 연주해왔다. 또한 운전, 연락 등 다양한 역할을 담당해왔다. 대학교에서 간호학을, 대학원에서 보건학을 공부해 석사학위를 받았고 정신건강간호학을 공부해 곧 박사 졸업을 앞두고 있다. 응급실 간호사를 거쳐 현재는 정신건강 전문 간호사로 일하는 중이다.

2014년 첫째 민이를 낳았고, 2016년 둘째 봄이를 낳았다. 본문에 쓴 대로 양육 공동체를 통해 가장 힘든 신생아 양육 시기를 무사히 건너왔고, 그 후 지역 공동육아를 통해 취학 전까지 아이들을 키웠다. 지금은 두 아이 모두 초등학교에 입학해 공동육아 부모들이 운영하는 방과후 학교에 보내고 있다. 함께 아이들을 키우며 아이들이 성장하는 동안 부모도 성장한다는 것을 배웠고, 배우는 중이다.

instagram @jandi_broccoli

애 키우면서
만화 그리는 이야기

소
복이

만화가

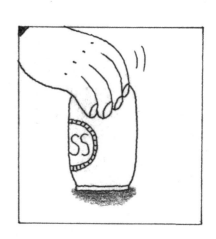

꿀떡
꿀떡

아,
살겠다.

나는
이렇게 살아남아서
만화를 그리고 있다.

그날도 새벽까지 만화를 그리고 있었다.

나 오줌 쌌나 봐.

근데 양수가 터진 것 같기도 해.

뭐?

양수가 맞네요. 아기 낳아야 집에 돌아가겠어요.

진통 중에
짝꿍이
졸았던 기억과

진통 중에
짝꿍이
밥을 먹으러
나갔다 온 기억,

나를 만나러 온
엄마에게 웃어 보이고

진통실로 돌아와
엉엉 울었던 기억이
아직 남아 있다.

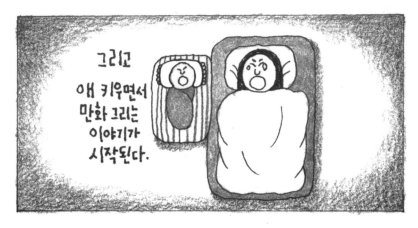

그리고

애 키우면서
만화 그리는
이야기가
시작된다.

가장 무서웠던 건 아기와 둘만 있는 집이었다.

마음이 힘들어지면
짐을 챙기고

아기를 안고

도망치듯
집을 나와

지하철을 타고
버스를 타고
친구에게 문자를 보냈다.

친구가 아기를 안아주면
나는 만화를 그렸다.

내 인생은
끝난 것 같아.

너가 그런 말
할 때마다

결혼도 하고
아기도 낳아야
겠다는 생각이
들어.

어쩐지
그게
진짜 삶
같거든.

나는 그 말이
와닿지 않았지만,
위로가 되었다.
이렇게 하루를 보내고 나면

아기와 둘만 있을 집이
덜 두려워졌다.

만화 그리는 건
분명한 행복이었지만

아기는 알 수 없었다.
짝꿍은 더 알 수 없었다.

그때 나와 짝꿍은

각자를 지키기 위해

애썼고

우리는 행복하지 않았던 것 같다.

지방 강연이 있으면
아이를 데리고 갔다.

친구가 함께했다.

강연을 하고

여행을 하고

육아를 하고

만화를 그렸다.

만화 전시 때문에
긴 여행을 떠날 때에도
아이를 데리고 갔다.

짝꿍도 함께 갔다.

우리는
10일 동안
꼭 붙어 지냈는데

함께 아이키우는
재미를 처음 느꼈다.

그리고
참 오랜만에

짝꿍이 농담을 했다.

우리는 참 오래 걸려
농담하는 사이로 돌아왔다.

나는 참 많이 울었다.
스물아홉 살에 7년 사귄
애인이 말 없이 떠났을
때보다 더
많이 울었다.

아무래도 난 눈물전문가가
된 것 같아 『왜 우니?』라는
그림책을 썼다.

짝꿍이 하는 짓거리가
인간 같지 않아

남편이 외계인인
상담사의 이야기,
웹툰 『구백구 상담소』를
연재했다.

정말 사는 게
이럴 줄 몰라서

참여연대 소식지에
『이럴 줄 몰랐지』를 5년 동안
연재했다.

엄마지만 이모의 마음을
간직하고 싶어
「엄마 말고, 이모가 해주는 이야기」
를 연재했고

오랫동안 그려온 그림일기는
8년째 육아일기가 되고 있다.

결혼하고 아기 낳고
인생이 망한 줄 알았는데

이상하게
좀 행복해졌다.

아이도 세계 최고
행복한 어린이가 되었다.

나
밤새도록
놀 거야.

친구들이 생겼기 때문이다.

또 다른 인간과 사는 일은,

미안해'해.

게다가 애까지 낳아 사는 일은

감당하기 힘든 분노와 슬픔이 불쑥불쑥 찾아오는 일이다.

그대도

흐읍

아이 친구의 엄마는 구원자다.

못살겠다!

나도 그래.

사랑한다고 말하고 싶을 때마다 말해도
넘칠까 걱정 없는 어린이와
오늘 작업도 망한 만화가 엄마가 외로움 없이 걸어간다.

소복이

회사에서 잘리다시피 그만두고, 7년 사귄 애인이 말도 없이 떠났을 때 만화를 시작하게 되었습니다. 아기가 태어나고 만화를 그릴 수 없을 것 같아 두려운 시간을 보냈으나 9년째 아기가 등장하는 만화를 이곳저곳 사방팔방에 그리고 있습니다. 삶은 알 수 없는 것 같아 겸손해진 만화가가 되었습니다.

부모님이 싸울 때마다 죽음을 두려워했던 동생의 이야기 『소년의 마음』을 쓰고, 집에 놀러 온 친구들에게 상담료를 받으면 어떨까 하는 생각에 『이백오 상담소』를 그렸습니다. 그 만화의 어린이 버전 『애쓰지 말고, 어쨌든 해결 1, 2』, 기혼 버전 『구백구 상담소』를 그렸고, 너무 많이 울고 난 후 다른 사람들의 울음도 궁금해서 『왜 우니?』를, 엄마임을 받아들이지 못하고 『엄마 말고 이모가 해주는 이야기』를 그리고, 겁도 없이 『만화 그리는 법』을 썼습니다. 지금은 《고래가 그랬어》에 곧 열두 살이 될 아이를 생각하며 『열두 살에게』를 연재하고 있습니다.

마감이 최고의 영감인 디자이너의
'돌봄과 작업'

출산과 작업

"저는 육아랑 안 맞는 사람 같아요." 이렇게 말하면 대부분의
여자는 맞는 사람이 어디 있겠냐고 반응하고 대부분의 남자는
살짝 웃고 넘긴다. 일하면서는 다른 사람들에게 인정받고
성취감을 느끼지만, 육아에서는 좌절과 분노를 알게 됐고 내가
이렇게 별로인 사람이라는 것을 매일 확인했다.
　　첫째 아이는 예정일에 맞춰 유도 분만을 했다. 몇 달
전부터 준비하던 '레닌 전집' 시리즈 마감이 출산 시기와
비슷하게 맞물리면서 남은 일정 조율을 하게 되었다. 세
권을 동시 발행하기로 했는데 한 권의 표지만 작업해두고 두
권의 표지는 다른 디자이너를 섭외해 시리즈 포맷에 맞춰
진행하기로 출판사에서 결정했다. 출산 후 복귀까지 시간이

얼마나 걸릴지 나도 편집자도 예상하기 힘들었고 출판사는
일정을 마냥 늦출 수도 없는 상황이었다. 막상 발행은 예정보다
늦어져 아쉬움이 남았지만, 그 뒤에 출간되는 나머지 전집은
계속 담당하게 되었다. 작업자로서 좋아하는 결과물이라
발표할 자리가 있다면 '레닌 전집'을 소개하고 있다. 사정상
두 권의 표지는 다른 디자이너의 작업이라고 덧붙이는데 그
사정은 바로 첫째 아이의 출산이었다.

　　둘째 아이는 예정일을 열흘 넘게 남겨둔 주말 저녁,
살짝 분비물이 비쳐 확인차 병원에 방문한 후 곧바로 입원해
출산까지 하게 되었다. '마음과 생각이 크는 책' 시리즈의
개정판 작업이 한창이었고, 디자인 결정에 깐깐하기로 유명한
사장님에게 드디어 합격점을 받아둔 상황이었다. 시리즈의
20권 모두 다른 별색으로 조합하고, 시리즈 로고의 크기를
1~2밀리미터 조절하고, 그림과 컬러바의 간격과 크기를 조절해
표지 시안을 정했다.

　　그 뒤 20권의 세부 사항을 결정하는 지난한 과정은
산후조리원에서 제때에 맞춰 삼시 세끼 챙겨주는 식사의
도움이 무엇보다 컸다. 원래의 출산 예정일이 다가오면서
편집자의 연락 간격이 촘촘해졌다. 지난주에 이미 출산했다고
이야기하자, 그는 무척 놀라며 축하 인사를 보내왔다. 이후에도
무수하게 많은 메일과 파일이 오갔고, '마음과 생각이 크는
책'은 모두의 마음에 쏙 드는 모습으로 새롭게 출간되었다.

출산 후에는 일단 많이 쉬어야지 무슨 작업이냐고 물을 수도 있겠지만, 아이들의 마음과 생각이 자라는 모습을 상상하며 조리원에서의 지루한 시간을 보냈던 그때가 나로서는 가장 많이 쉬었던 순간이었다.

폭주 기관차의 선로 이탈

지금까지 정말 많은 작업을 했고 작업마다 사연도 많지만 모든 것을 생략하겠다. 찬찬히 설명하는 데 재주가 없고 무엇보다 이제는 설명할 에너지가 남아 있지 않다. 두 아이를 낳고 먹이고 씻기고 재우고 하는 동안 많은 책의 얼굴을 만들고 본문 타이포그래피를 매만지고 면지 용지를 고르며 만듦새를 고민했다. 제정신으로는 역시 힘들었다. 정신건강의학과를 두 번 찾았고 더 이상 상담 선생님께 어떻게 지냈는지 말할 거리가 없어지거나 너무 큰 일이 터지면 병원 가기를 그만두었다. 상담 초반에는 무엇이 그리 힘들고 슬픈지 눈물부터 줄줄 흐르기 시작했고, 그 뒤의 내용은 이렇게 이어졌다.

아이들에게 너무 짜증을 내게 된다. 애들이 하는 짓이 다 그렇지 싶다가도 순간적으로 짜증이 몰려올 때가 있다. 그 뒤에 후회와 밀려드는 자괴감에 너무 힘들다. 괜찮은 시기도 있는데 유독 화가 더 나는 때는 체크해보면 배란기이거나 생리

초반 기간이다. 여성 호르몬의 영향도 짜증스럽다. 여전히
일은 많이 하고 있다.(줄이지 않고 있다!) 아이 아빠도 자기
몫을 한다고 하는데 집에 있는 시간 자체가 너무 적다. 나도
똑같이 일하고(사실 더 하고 있고!) 아이들을 돌보고 집안일도 더
하는데, 억울병에 걸린 것 같다……. 나의 심정을 요약하자면
'억울'이었다.

아이 아빠도, 주변 사람들도 내게 일을 줄여보는 것이
어떻겠냐고 했다. '내년부터는 일 좀 줄이겠다, 안식년을
갖겠다.'고 몇 년 동안 다짐했다. 그런데 일을 줄인다는 것이
말처럼 쉽지 않았다. 거절을 잘 못하기도 하고 일이 많더라도
또 재미있는 텍스트가 들어오면 놓치고 싶지 않았다. 사실 내가
제일 잘 알고 있었다. 아이들을 돌봐야 한다고 일을 줄이고
작업하고 싶은 책을 거절하고 나면, 나는 더 우울해질 것이
뻔했다. 아이들 때문에 못했다는 이야기를 내 입으로 하고
싶지 않았다.

이것이 '번아웃'임을 감지한 뒤에도 1년 반을 그 상태
그대로 지냈다. 아니면 어쩐단 말인가. 꾸역꾸역 살아가는 것에
자신 있는 나는 이 또한 나답다고 생각했다. 물론 틈나는 대로
홀로 집 밖으로 나서는 시간을 몇 시간 혹은 며칠까지 허락되는
대로 만들었고, 그 덕분에 진짜로 미치지 않을 수 있었다.
그러다 도저히 안 되겠어서 올해 정기적으로 해오던 작업만
하겠다고 선언했다. 그렇게 반년이 지났다. 일을 의뢰해주는

곳에 너무 죄송하다며 정중히 거절 연락을 드렸다. 이전부터 함께 일해온 출판사, 기존에 맡고 있던 타이틀 위주로만 일했다. 그런데 이상하게도 올 상반기 역시 예전과 다르지 않았다. 그 결과, 절벽 끝에서 마감을 거듭하던 폭주 기관차는 드디어 선로를 이탈하고 말았다.

전화 통화는 물론이고 업무의 가장 중요한 수단인 메일로 간단한 답변을 보내는 것조차 일단 미루게 되었다. 단순히 일을 하기 싫은 마음보다는 무엇이든 할 수 없는 마음이라고 해야 할 것 같다. 메일에 기다려 주셔서 고맙다는 말을 자주 덧붙였고 미안한 마음은 내내 가시지 않았다.

아이를 낳지 않았다면 괜찮았을까? 프리랜서 작업자로 달려온 몇 년을 돌이켜보면 아이를 낳지 않았더라도 똑같았을 것이다. 프리랜서로서 감사한 일이지만, 작업이 알려지고 일이 많아지면서 한계선을 아슬아슬 넘나들게 되었다. 폭주 기관차처럼 과중하게 일하는 내 특성은 아이의 존재 여부와는 별개의 문제로, 작업자의 성향과 여러 상황이 복합적으로 빚어낸 결과다. 물론 아이가 있었기에 상상 이상의 고생과 고통이 있었던 건 사실이고, 드디어 선로 이탈이 현실화한 것 같기는 하다. 그렇지만 한편으로는 아이들에게 고맙다. 벼랑을 탈주한 채 허공에 떠 있는 나를 붙잡아주려고 너희들이 이렇게 "엄마! 엄마!" 시끄럽게 외치고 있었구나.

엄마는 엄마를 제일 사랑해

결혼 적령기라 불리는 30대의 나는 싱글로 지내고 있었고, 만약 내가 결혼을 하게 된다면 아이도 낳게 되겠지 정도의 단순한 생각만 갖고 있었다. 그런데 결혼도 아이도 갑작스레 내 인생에서 일어났다. 둘째 아이는 인생이 계획대로 흘러가지 않는다는 옛말의 찐(!) 증거였다. 첫째 아이는 이제 아빠 키의 절반을 훨씬 넘어선 개구쟁이 어린이의 모습이다. 둘째 아이는 온몸이 귀여움으로 가득한 마지막 시기를 보내고 있다. 꼬막 같은 통통한 발등도 곧 이별이라고 생각하니 벌써 아쉽다.

일하는 엄마의 모습을 보여주는 게 아이들에게도 좋을 거라고 생각하지만, 솔직히 나는 내가 좋아서 일한다. 아직은 책을 디자인하는 것이 다른 일보다 재미있다.(물론 지긋지긋한 순간을 잊을 만하면 맞닥뜨리게 되기도 한다.) 요즘 첫째 아이는 엄마는 이 세상에서 누굴 제일 사랑하는지 종종 묻는다. "엄마는 이 세상에서 엄마를 제일 사랑해." "그다음은 너랑 동생. 그다음은……" 동생보다 자기를 더 사랑한다는 확인을 한창 받고 싶어 하는 첫째 아이가 기대한 답은 아니지만, 이렇게라도 장난을 섞어 나만의 답을 전한다. 희망이기도, 농담이기도, 거짓이기도, 때로는 진실이기도 하다.

전 생애에 걸쳐 이토록 사랑한다는 말을 시도 때도 없이 하게 되는 시절이 또 있을까. 감정 표현을 잘 하지

않는 내가 아이들에게만큼은 뜨겁다.(나도 가끔은 어색하고
놀랍다.) 아이들이 조건 없이 전해주는 사랑은 더욱 커서
때로는 경이롭다. 우리는 모두 누군가에게 이토록 사랑받는
존재였구나. 아이를 낳고 돌보며 깨달았다.

폭주 기관차
디자이너 엄마의 마감

폭주 기관차는 지난 며칠 다음과 같은 책을 마감했다.
『헤아림의 순간들』, 『깨어 있는 숲속의 공주』, 《릿터》 42호,
『나의 사랑스러운 방해자』, 『테디베어는 죽지 않아』,
『끝내주는 인생』. 끝내준다! 그리고 『언제나 다음 떡볶이가
기다리고 있지』 『나의 더블』 『돌봄과 작업 2』를 며칠 안에
마감할 예정이다. 기억을 더듬어 작업한 책들의 목록을
정리해보면서 (게으르고 재주가 없어) 설명하기 힘들지만,
제목들에서 묘하게 위안받았다. 작년 말에 마감한 『돌봄과
작업』을 읽으며 눈물을 참기 힘들었다. 이번에는 두 번째니까
괜찮겠지 생각했는데, 웬걸, 빠듯한 작업 시간에도 틈틈이
눈물을 흘렸다.
　　네가 오후 4시에 온다면 3시부터 행복할 거라는 어린
왕자와는 달리 4시보다 30분 뒤에 아이 하원 차량이 오는데도

나는 3시부터 마음이 초조해졌다. 아이와의 행복은 조금만
더 늦게, 편집자들이 퇴근하는 6시쯤 와도 좋으련만. 현실은
이사 후 멀어진 유치원에서 이른 시간이어도 차량이 와주는
것만으로도 감사해야 할 상황이다. 요즘 첫째 아이는 하원 후
놀이터로 곧장 달려가서 또래들과 한 판 더 놀고 와야 한다.
급할 때는 놀이터 벤치에서 노트북을 열고 (첫째 아이는 친구와
놀고 있고) 놀이기구와 실랑이를 벌이는 둘째 아이와 스크린을
번갈아 바라보며 간단한 업무를 해결하기도 했다. 그날도 더
놀고 싶어 하는 아이를 어르고 달랬다. "오늘은 미안하지만
집에 바로 들어가자, 엄마가 「포켓몬」 보여줄게." 결국은 그래도
싫다는 아이를 반강제로 끌고 들어오게 되었다. 6시 퇴근
전까지 꼭 보내야 하는 작업이 있었기 때문이다. 아이는 싫다고
소리치며 눈물을 보였고, 나도 그런 아이에게 미안하고 속상한
마음에 같이 울면서 집으로 왔다.

　한 시간만 미리 했으면 되지 않았을까 싶지만, 작업할 때
체감하는 시간은 매번 들쑥날쑥 거짓말같이 흐른다. 많은
엄마들이 그렇듯 나 또한 극심한 시간 빈곤자다. 원래 늦은
밤에 작업이 더 잘되는 스타일이라 하루 시작과 마무리가 일반
사람들보다 늦은 편이었다. 그러나 지금은 어쩔 수 없이 25시,
26시에 깨어 있는 사람이 되었다. 그마저도 이제 체력이 되지
않아 아이들을 재우면서 나까지 재워버리는 상황이 빈번하게
발생한다. 작업할 시간을 확보하는 것이 엄마의 계속되는

싸움이다. 출근 시간과 장소가 정해져 있지 않은 상황이라면 더욱더 처절한 싸움이 될 수밖에 없다.(우선 불태우고 싶은 0순위 목록에 집안일부터 올린다. 이하 설명 생략.)

거친 듯 자유롭고 꿈결 같은 느낌이 좋아 한동안 지켜보던 그림이 있다. 그러다가 언젠가부터 '퇴근드로잉'이라는 해시태그가 그림과 함께 보였고, 아이들을 데리러 가는 길에 그리는 그림이라는 걸 알게 되었다. 어떤 상황일지 어떤 마음일지 훤히 그려졌다. 조각 그림 속 화려한 색감과 뒤섞인 경계가 특히 좋았다. 그렇게 서수연 작가의 작품을 『돌봄과 작업』 1권에 제안했다. 이번 2권에서는 임효영 작가의 이야기를 더 듣고 싶었다. 그는 연필을 위주로 색을 많이 사용하지 않고도 따뜻하고 풍성하게 세상을 담아낸다. 호주 멀럼빔비에서 연년생 아들 둘을 키우며 지내는 삶을 엿보다가 그의 그림책에도 반하게 됐다. 저마다 다르지만 또 그렇게 다르지만은 않을 상황에서 창작을 이어오고 있다.

　　지금도 각자의 자리에서 부단히 애쓰고 있는 엄마들과 함께 『돌봄과 작업 2』를 마감하고 있다. 다행히 고장 난 브레이크에도 폭주 기관차는 폭발하지 않아 가능했다. 하지만 올여름은 진짜로 일단 멈춤. 스스로 달렸고 스스로 택한 멈춤이라 그런지 왠지 은근히 기대도 된다. 진짜 여름 방학이다! 얘들아!

박연미

대학에서 시각디자인을 공부하고 그 많은 매체 중 책에 관심을 갖게 되어 출판사에서 6년 동안 북디자이너로 일했다. 출판계를 떠나고 싶다는 지친 마음으로 아무런 계획 없이 회사를 일단 그만두었다. 손에 익은 일이 마음에도 어느새 자리한 것인지 그만둔 지 얼마 안 돼 책 만드는 재미를 다시 확인했다. 감사하게도 하나둘 일을 의뢰받으면서 자연스레 프리랜서로 전향하게 되었다. 프리랜서로 활동을 넓혀가는 도중 결혼과 출산으로 인생의 무대도 뭣 모르고 확장했다. 성실함인지 욕심인지 미련함인지 모를 동력으로 몇 년을 정신없이 보냈다. 틈틈이 대학에서 북디자인, 타이포그래피 강의를 하고 있다. 가르치는 일에 보람을 느끼고 열의를 다한다고 생각했는데, 첫째 아이와 한글 공부를 시작하고 내 아이를 가르치는 일에는 재능도 인내심도 없다는 것을 금세 깨달았다.

《릿터》, 『잃어버린 시간을 찾아서』, 『감옥의 몽상』, 『소리 잃은 음악』, 『다정한 것이 살아남는다』, 『실비아 플라스 시전집』, 『다정소감』, 『완경 선언』 등 소설, 에세이, 인문, 사회 분야의 책을 디자인하고 있다.

instagram @yeonmipark

돌봄과 작업 2

나만의 방식으로 엄마가 되기를 선택한 여자들

초판 1쇄 발행 2023년 6월 16일
초판 2쇄 발행 2023년 7월 26일
지은이   김유담, 정아은, 장수연, 이수현, 황다은,
         김다은, 김연화, 김은화, 김잔디, 소복이, 임효영

발행인 김희진
편집 김지운, 윤현아
마케팅 이혜인
디자인 박연미
제작 제이오
인쇄 민언프린텍
발행처 돌고래

출판등록 2021년 5월 20일
등록번호 제2021-000173호
주소 서울시 강남구 선릉로 704 12층 282호
이메일 info@dolgoraebooks.com
ISBN 979-11-980090-9-8 03810